Le silence de la Mule

DU MÊME AUTEUR

Chez le même éditeur

L'Angélus de minuit, 1989

Le Roi en son moulin, 1990

La Nuit des hulottes, 1991
Prix RTL-Grand Public 1992
Prix du printemps du livre 1992
Grand Prix littéraire de la Corne d'or limousine 1992

Le Porteur de destins, Seghers, 1992
Prix des Maisons de la Presse 1992

Les Chasseurs de papillons, 1993
Prix Charles-Exbrayat 1993

Un cheval sous la lune, 1994

Ce soir, il fera jour, 1995
Prix Terre de France, *La Vie*, 1995

L'Année des coquelicots, 1996

L'Heure du braconnier, 1997

La neige fond toujours au printemps, 1998

Les Frères du diable, 1999

Lydia de Malemort, 2000

Chez d'autres éditeurs

Beauchabrol, Lattès, 1981 ; Souny, 1990

Barbe d'or, Lattès, 1983 ; Souny, 1992

Le Chat derrière la vitre (nouvelles), L'Archipel, 1994

GILBERT BORDES

Le silence de la Mule

roman

L'École de Brive

Robert Laffont

ISBN 2-221-09476-X

Prologue

Quand le malheur décide d'ouvrir une porte, il le fait en patron, sans frapper, sans s'annoncer, la tête haute, bien décidé à aller au bout de ses intentions. Il n'hésite jamais, ne s'excuse pas de piétiner les fleurs, de renverser le vase précieux, de cracher à la figure du petit enfant ou de la vieille dame. Ses rires accompagnent les larmes qu'il répand autour de lui. Et l'ignoble ne se contente jamais d'une seule visite. S'il tarde avant de revenir, c'est qu'il est occupé ailleurs, car il ne chôme pas.

Ses victimes préférées ont la robustesse du roc, l'aisance de ceux qui ne craignent pas le lendemain, qui ont de quoi supporter une mauvaise saison, des fagots au sec, des saloirs pleins, un grenier lourd de bon grain et, dans la boîte cachée sous les piles de draps frais, quelques pièces d'or qui attendent. Ceux-là, le malheur les cajole, les caresse, les endort de belles paroles. Puis il sort ses griffes, emporte un enfantelet, dernier espoir d'un vieil homme, et réduit en cendres le travail de plusieurs générations...

Telle est l'histoire des Rolandier, une famille de meuniers installée depuis toujours au Gué de Bar, sur la Corrèze, à l'endroit où le torrent devient rivière, où l'eau impétueuse s'étale, lisse, et reflète les saules. Jusqu'au Gué, depuis sa source, la Corrèze est pressée, hargneuse, en querelle avec les rochers et les collines qu'elle taille à grands coups de lame. Pour arriver au bas pays de Bar, elle se heurte à une paroi de granite aussi droite qu'un mur de maçon. Elle cogne à coups de bélier le rocher qui résiste, le mord de ses dents brillantes, certaine de gagner. Au Gué de Bar enfin, la vallée s'élargit, s'ouvre sur des prairies vertes et dégage un ciel lumineux. C'est le pays du froment et des prunes noires, des vraies châtaignes et des poires. La Corrèze flâne entre les moulins avant de reprendre sa course vers Tulle et Brive : la Corrèze est impatiente, c'est sa nature ! Mais là, au Gué de Bar, elle se donne des allures de fleuve dolent sur ses galets, profite du pays si doux qu'autrefois les pèlerins s'y arrêtaient.

C'est là, dans cette langue de Cocagne perdue au milieu des collines froides, que se trouvait le moulin des Rolandier. Depuis toujours, comme les rochers, comme la rivière, comme le chemin. Sans ce moulin des Rolandier, la vallée aurait été différente, la rivière n'aurait pas coulé avec la même volonté. Le vieux Paul Rolandier disait que Dieu avait créé en premier le moulin et la rivière pour le servir.

C'était le plus gros moulin du pays, qui en comptait deux dizaines. Avant et après la guerre de 14, le va-et-vient n'en finissait pas au Gué, les uns avec leur âne, d'autres avec le cheval, ou les bœufs apportaient les sacs de grain que les Rolandier transformaient en une farine légère comme la brume du matin, douce et fraîche au toucher comme la joue d'un nourrisson, et blanche, d'un blanc souverain qu'on gardait longtemps au fond de l'œil. La pâte que les boulangers en faisaient levait en gros bouillons, se tendait de bulles et donnait une mie légère comme de la dentelle, une croûte dorée comme de l'or. Le goût de ce pain remplissait la bouche de douceur, l'estomac de velours ; les gens disaient en parlant d'un bon pain : « Il est honnête, mais il vaut pas celui du Gué ! » Ils lui prêtaient des vertus de guérison.

Les Rolandier étaient meuniers depuis si longtemps qu'on ne pouvait pas les imaginer autrement. Vêtus de blanc, le béret sur l'oreille gauche, l'œil droit plus petit que l'autre, les jambes courtes. Ils avaient la peau blanche de ceux qui vivent dans un brouillard de farine. Personne n'apprenait à un petit Rolandier à aiguiser les meules : il savait, comme le poulain sait courir. Dès qu'il pouvait tenir dans ses petites mains le manche du marteau et le fer du burin, il vous taillait le grès avec finesse. Et pas comme n'importe lequel des rémouleurs qui passaient au pays avec leur machine à grande roue, non, il l'affûtait en Rolandier, c'est-à-dire mieux que tous les autres meuniers de la vallée, et la farine était si fine qu'elle coulait comme l'eau de la source, si douce qu'on aimait y plonger la main...

De génération en génération, de siècle en siècle les Rolandier s'étaient façonné un corps de meunier idéal, plutôt petit pour mieux endosser les sacs, les épaules larges et le pied sûr. Ils se ressemblaient tous : les cheveux noirs frisés, le nez assez fort sur une moustache courte et cet œil droit plus petit que le gauche qui cachait sa malice. Du début de l'année à la fin, ils s'habillaient toujours de la même veste blanche de farine, du même pantalon un peu grand qui leur faisait des fesses plates. Le dimanche, pour aller entendre la messe, ils se transformaient pour quelques heures en riches paysans qui portaient l'habit noir coupé sur mesure et le chapeau de feutre à larges bords. L'or ne manquait pas au moulin du Gué. Tous les meuniers étaient aisés et les Rolandier plus que les autres. Au pays on disait « riche comme Rolandier » quand on voulait parler de quelqu'un qui n'était pas dans le besoin. Qui n'avait pas entendu dire qu'au moulin du Gué, les sacs d'or prenaient plus de place que les sacs de farine ? C'était exagéré, bien sûr, pourtant après tant de générations qui avaient accumulé les bonnes affaires, on pouvait imaginer une solide réserve, car en plus d'être habiles meuniers, ils étaient prévoyants.

Trois prénoms se succédaient au fil des générations, et les premiers Rolandier ne s'étaient pas donné la peine d'aller les chercher dans l'almanach Vermot. Ils avaient pris les plus communs, puisque ce n'était pas au prénom que l'on jugeait un bon meunier. À Paul succédait Jean et à Jean, Antoine. En 1914, au tout début de la Grande Guerre, les trois noms étaient réunis au moulin du Gué. Au matin du deuxième jour de la mobilisation générale, Paul, qui approchait la soixantaine, embrassa son fils Jean, âgé de vingt-huit ans, et le rassura : il s'occuperait bien du petit Antoine qui n'avait pas six mois et dormait dans son berceau. Jean embrassa enfin sa mère, Léontine, qui pleurait, et sa femme, la belle Pauline qui lui murmura à l'oreille de revenir vite...

– T'en fais pas ! ajouta Paul, rien de mal ne peut arriver au Gué, la Vierge le protège.

La Vierge, c'était ce curieux rocher au-dessus d'une petite grotte qui avait une forme de femme

portant un enfant. On disait que saint Hilaire, passant par là, s'était abrité d'un orage dans la grotte et avait fait ce miracle. Depuis, la Vierge du Gué tendait son bras protecteur vers le moulin des Rolandier.

Mais le malheur se moquait bien de ces légendes et avait préparé son coup ; il avait pris l'uniforme et le képi d'un gendarme pour apporter la mauvaise nouvelle. Paul ne regarda pas le télégramme bleu, il avait compris. Léontine fondit en larmes sur sa chaise, près de la pendule, et la belle Pauline pâlit. Jean est mort au champ d'honneur ! dit le malheur en se découvrant. Paul reçut le coup de gourdin ; son œil droit se ferma complètement et, comme il ne connaissait que la farine et le bon blé, il retourna dans son moulin, remit en marche les meules et reprit son travail comme avant, comme si rien ne s'était passé. Il ne changea pas ses habitudes, son dos se voûta un peu, il plaisantait moins avec les clients, mais sa farine était toujours aussi légère. Il pensait à la relève et, dès que le petit Antoine put marcher, il l'emmena vérifier l'état de la digue et lui expliqua comment reconnaître un bon blé, en déduire le rendement à la largeur de la fente qui traverse le grain de part en part.

– Regarde, disait-il en étalant les grains sur la paume de sa main, c'est cette entaille qui te dit tout. Peu profonde, avec les joues rondes et bien dorées, tu peux y aller, c'est du tout bon. Si tu trouves une large entaille aux joues maigres et grises, t'engage surtout pas !

Il lui expliquait aussi comment prévoir ces mauvais orages venus du sud, qui faisaient monter l'eau d'un coup et pouvaient emporter la digue si les vannes n'étaient pas ouvertes à temps. Et le petit

Antoine écoutait les conseils de son grand-père avec l'application d'un Rolandier.

Mais le malheur ne voulait pas en rester là. Il connaissait désormais le chemin du Gué et lui trouvait de l'agrément avec ses grands châtaigniers en bordure, ses rochers aux formes curieuses et le bruit aérien de la rivière. Il voulait surtout achever la besogne : la mort de Jean n'empêchait pas le moulin de tourner. Le vieux Paul était encore robuste et pouvait travailler jusqu'à ce qu'Antoine eût assez de force pour le remplacer. Cela, le malheur ne le voulait pas !

La veuve de Jean, la belle Pauline, venait de Tulle. Jean l'avait épousée contre l'avis de Paul : un meunier ne pouvait s'entendre qu'avec une fille de meunier et il n'en manquait pas dans la vallée. Tant que Jean fut au moulin, tout se passa bien. Pauline s'occupait du petit Antoine et donnait un coup de main à Léontine qu'on disait autoritaire. Après la mort de Jean, les deux femmes se mirent à se disputer de plus en plus souvent. Paul devait parfois laisser ses farines pour aller mettre la paix à la maison. Un jour, il surprit sa bru couchée sur les sacs avec Lucien Bonneaud, son ouvrier. Il se mit en colère, renvoya l'ouvrier, mais se garda bien de faire la moindre remarque à Pauline, qui était de caractère vif. Le lendemain pourtant, Pauline était partie, emmenant avec elle Antoine âgé de trois ans. C'était un désastre. Que Pauline s'en allât du moulin du Gué n'avait pas une grande importance, mais Antoine devait rester ! Paul partit à sa recherche, questionna les gens de la vallée et des villages voisins, personne n'avait vu sa bru et son petit-fils. Il montra des louis d'or qui, d'ordinaire, délient les langues, sans le moindre résultat. Le malheur se frottait les mains.

Quelques années passèrent. Paul était de plus en plus bossu, il ne plaisantait plus, son œil droit s'était complètement fermé et il grimaçait en soulevant les sacs, mais personne ne pouvait lui reprocher une farine moins légère qu'au temps de la splendeur du moulin. Léontine avait mal supporté la mort de son fils et le départ de sa bru. Elle perdait la mémoire, oubliait de préparer les repas à l'heure, ne reconnaissait plus les gens et prenait Paul pour un étranger. Elle partait dans le chemin et ne savait pas revenir. Paul fut contraint d'embaucher une servante, une certaine Louise Perront, qui avait du caractère et ne reculait pas devant le travail. Louise avait une fille sourde et muette, Jeanne, une petite brune maigrichonne aux grands yeux noirs. La pauvrette vivait dans l'ombre de sa mère, ne la lâchant pas et jetant autour d'elle des regards craintifs. Son silence faisait mal ; quand elle ouvrait la bouche, on s'attendait à l'entendre parler, mais il ne sortait que du vent de ses deux lèvres qui ne bougeaient pas comme des lèvres de petite fille. Elle ne riait pas et chacun se demandait ce qui pouvait bien se passer dans cette tête d'enfant à qui Dieu avait refusé la parole. Paul éprouva tout de suite de l'affection pour ce petit animal apeuré dans un monde trop grand. Le moulin devint vite le refuge de Jeanne avec son odeur de farine, son plancher qui vibrait, ses courroies en perpétuel mouvement. Elle aimait se laisser tomber sur les sacs moelleux, prendre la farine à pleine main et la goûter du bout de la langue. Paul la laissait faire, heureux de son regard émerveillé quand elle contemplait le blé qui coulait sur les meules.

– Si tu pouvais m'entendre ! s'exclamait Paul. Si tu étais un garçon, je t'apprendrais tout ça ! Qu'est-ce que ça va devenir si je meurs l'hiver prochain ?

Souvent, il oubliait que Jeanne était sourde et muette et il lui expliquait le blé et la farine, comme il le faisait autrefois avec le petit Antoine. Ils étaient devenus inséparables, ce qui faisait sourire les clients. Comme Léontine, Paul ne devait plus avoir toute sa tête, mais cela n'avait pas d'importance : sa farine était toujours la plus fine de la vallée et ils s'étonnaient de voir la petite Jeanne régler l'écartement des meules avec précision et apprécier, d'un regard connaisseur, la qualité d'un blé. Paul ne disait rien, mais son œil droit s'ouvrait, un bref instant, de plaisir.

Alors, le malheur pensa qu'il était temps de faire une troisième visite au moulin du Gué, la dernière, la plus spectaculaire. C'était à l'automne 1926. Cette fois, il ne se présenta pas sous la forme d'un gendarme qui apporte un télégramme ou celle d'un domestique qui lutine la belle Pauline, il plaça un sac de farine humide au bon endroit et attendit. C'était diabolique, mais le malheur agit souvent ainsi : il avance ses pions et laisse sa victime perdre seule la partie.

Les moulins sont sur l'eau, cela ne les protège pas du feu. Au contraire, ils cachent l'enfer dans leurs entrailles de bois et ils brûlent plus souvent que les fournils sur les collines sèches ! Un sac de farine humide fermente, chauffe ; les flammes s'en échappent, s'égaillent autour et mangent tout le bâtiment, en quelques instants, ne laissant que les meules !

C'est ce qui se passa au Gué. Ce matin-là, Paul était en train de régler sa machine pour un blé nouveau qui manquait de séchage. La petite Jeanne ne perdait rien de ses gestes et tâtait la farine du bout des doigts pour le plaisir de la sentir fraîche et douce. Le feu prit sur le sac du malheur, une explosion de feu, brutale, puissante, incontrôlable. Les flammes couraient sur le bois sec sans qu'il fût possible de les arrêter, grimpaient à l'étage, gagnaient le toit. La nouvelle se répandit vite de la vallée aux collines ; les gens abandonnaient leur attelage, leur troupeau et couraient au Gué. Pourtant, le soir, le moulin des Rolandier n'était plus que cendres et charbons. Paul avait péri dans le brasier, il avait pu sauver la petite Jeanne en la faisant passer par une lucarne, trop étroite pour lui. Les beaux cheveux noirs de la fillette avaient brûlé. Elle était choquée et resta plusieurs jours recroquevillée sur elle-même, la tête basse, tremblante comme un oiseau qui va mourir...

Ainsi avait vécu le moulin du Gué de Bar, gloire d'une famille qui semblait immortelle. Qu'en restait-il à la fin 1926 de ces Rolandier qui avaient su apprivoiser la rivière pour en tirer la plus belle farine de la vallée ? Des cousins lointains, une sœur de Paul mariée à Tulle à un riche menuisier. Il restait aussi l'héritier des ruines, Antoine, le petit-fils de Paul, que sa mère avait emmené on ne savait où. Le notaire fit des recherches, en vain. À Bar, on parlait des sacs d'or qui devaient dormir quelque part sous les décombres. Certains les cherchèrent, mais ne trouvèrent rien : le vieux Paul était assez malin pour ne pas laisser son trésor à la portée de tout le monde ! Léontine, complètement folle, avait été enfermée à l'asile. Pendant ce temps, la Vierge du Gué tendait toujours son bras de pierre vers ce qui avait été l'orgueil de tout un pays.

Le malheur se frottait les mains...

Ce 8 août 1928, la Foire aux melons battait son plein dans l'unique rue principale du Lonzac. Il faisait chaud et lourd, un temps à fruits juteux et sucrés. Les marchands venus de Brive ou d'Objat avaient disposé des montagnes de melons, des tomates, des concombres, mais aussi des pêches, des prunes, des nèfles que l'on disait bonnes pour les asthmatiques. Cette foire amenait beaucoup de monde, surtout des gens du haut pays où les fruits mûrissaient mal ; la foire aux bêtes serait le mois suivant, le 8 septembre, avant l'hiver : il serait alors temps pour les paysans de faire le compte de leurs récoltes et de vendre les animaux qu'ils ne pourraient pas nourrir.

C'était aussi la foire où se louaient les bras pour les travaux de fin d'été et d'automne, moisson des sarrasins, ramassage des châtaignes, des noix, légumes, fourrages et pommes de terre ; les labours, les semailles occupaient ainsi maîtres et manœuvriers jusqu'à la Toussaint. Les candidats à l'embauche se rassemblaient sur la place de la fontaine, à côté des étals des camelots qui vantaient leurs produits et invitaient les badauds à tâter leurs tissus, à éprouver la solidité de leurs cordes. Le casseur d'assiettes se mettait à part tant il faisait de bruit. Une foule de paysans curieux se tassait autour de lui. Il montrait un lot d'assiettes, criait un prix, regardait autour de lui et prenait son élan pour le casser, mais il savait y faire et attendait que l'un des curieux se dévoue et lève la main.

Les « brassiers », qui se louaient dans les fermes pour une saison ou plus, assistaient au spectacle de la foire sans y participer. Ils louchaient surtout vers les visiteurs les mieux habillés, sur ceux qui semblaient les plus riches et pouvaient avoir besoin d'eux. Ils étaient seuls ou par familles entières. Dans les grands domaines de la région, ils trouvaient tous à se caser : les femmes aux cuisines, les hommes aux champs et les enfants à garder les porcs ou les oies.

Ainsi, tous les grands propriétaires se rendaient-ils à la Foire aux melons réputée pour la bonne main-d'œuvre qu'on y trouvait. M. Henri Couperade, en complet sombre, faux col raide sous ses joues grasses, chapeau de fantaisie sur la tête, avait garé son automobile à l'entrée du village et marchait en regardant distraitement les fruits dans la lumière éclatante de cette chaude matinée. C'était un homme distingué, au regard franc, au beau sourire qui creusait une fossette unique sur sa joue gauche. La peau claire de son visage, ses petites mains fines indiquaient qu'il ne participait pas aux travaux des champs. M. Henri se contentait, en effet, de commander, de donner ses ordres dans son vaste domaine de l'Étanchade, et passait ses journées en bonne compagnie à l'ombre de sa charmille quand le soleil mordait ou auprès de son feu quand le gel durcissait la terre. Ses domestiques l'aimaient car il leur parlait sans mépris. Et pourtant, le malheur ne l'avait pas oublié. Sa femme avait perdu la raison à la mort de leur fille unique, tuée par une ruade de cheval. Mme Françoise passait ses journées dans une prostration totale entrecoupée de crises de nerfs violentes. Alors, elle hurlait, cassait ce qui lui tombait sous la main et maudissait le monde entier.

Ce jour-là, M. Henri avait besoin d'un garçon d'écurie spécialiste des chevaux, d'une jeune bergère et de deux bons laboureurs. Il parcourut du regard le groupe des vachers et celui des laboureurs qui se reconnaissaient, les uns à leur tablier bleu et leur gros pantalon de lin, les autres à leur chapeau de paille et leur long bâton de noisetier. Les hommes s'étaient rasés et montraient leur meilleure figure, souriant à ceux qui les regardaient. Les femmes, plus discrètes, portant une coiffe blanche sur leurs cheveux attachés, baissaient les yeux. M. Henri remarqua une jeune fille brune au visage un peu long, aux cheveux noirs attachés sur le haut de la tête. Elle était bien faite, mais ce n'était pas sa beauté qui retenait M. Henri, c'était une impression curieuse, comme un détachement de ce qui l'entourait. Ses grands yeux noirs et mystérieux ne s'arrêtaient sur rien, et les mouvements de sa bouche ne semblaient pas faits pour exprimer des mots. Il s'approcha et fit le signe de la main qui indiquait son intention de parler. La jeune fille lui sourit. À côté, une vieille femme aux cheveux blancs fronça les sourcils. Les gros poils blancs d'une barbe hirsute hérissaient son menton.

– J'ai besoin d'une bergère qui pourra donner un coup de main aux cuisines à l'occasion ! dit M. Henri en regardant la jeune fille.

– C'est ma fille ! répondit la vieille. Elle a quatorze ans. Elle peut garder les moutons et servir à table. Elle ne parle pas.

– Tu veux dire qu'elle est muette ?

– Et sourde aussi. Paraît que ça va de pair. Elle est courageuse et ne risque pas de répéter des secrets. Mais elle ne peut se louer sans moi !

– Sans toi ? Mais j'ai besoin d'une bergère, pas de deux !

– À prendre ou à laisser. Je m'occupe de ma petite Jeanne. J'en connais qui n'hésiteraient pas à en profiter, vu qu'elle ne peut rien répéter et qu'elle ne comprend pas grand-chose.

M. Henri observa plus attentivement la vieille femme qui ne baissait pas la tête en face du maître. Son front haut, sa bouche déterminée indiquaient quelqu'un de caractère.

– Tu n'as pas l'air d'avoir froid aux yeux ! fit-il en regardant distraitement l'heure à sa belle montre qui brillait au soleil. Tu es du pays ?

– La vie s'occupe de vous donner de la défense ! Elle n'est pas douce pour tout le monde ! Non, je ne suis pas d'ici.

– Je vois que tu ne manques pas de toupet et de parole. Tu sais lire ?

– Oui, je sais lire, mais pas la petite qui n'est jamais allée à l'école. Ça n'aurait servi à rien vu qu'elle n'entend pas.

– Vous étiez où, avant ?

– On est restées dans plusieurs maisons. Avant, on était à Bar, au moulin du Gué qui a brûlé en 1926 avec le vieux Paul Rolandier ! Ma fille aussi y était. C'est lui qui l'a sortie avant de brûler tout vif. Je prie pour lui tous les jours...

– Mais un meunier, c'est riche de sacs d'or, tout le monde le sait ! Il n'avait pas de fils pour prendre la relève ?

– Non, son fils, Jean, est mort à la guerre ! Personne ne sait où sa bru a emmené son petit-fils !

– C'est bon ! conclut M. Henri. Je vous prends toutes les deux. On trouvera à t'employer.

Jeanne et sa mère arrivèrent à l'Étanchade deux jours plus tard, le 10 août 1928. C'était un hameau de cinq fermes, mais les meilleures terres se trouvaient autour du vieux château de M. Henri.

Très vite, Jeanne montra qu'elle était incapable de garder les moutons. Elle ne comprenait rien de ce qu'on lui disait et tremblait dès qu'elle ne voyait plus sa mère. Cette incapacité à saisir le moindre mot, les gestes les plus élémentaires, lui valut le surnom de « la Mule ».

Louise mourut à l'automne 1929, un an après son arrivée à l'Étanchade. Toute la maison la pleura, le maître en premier qui appréciait cette femme au caractère trempé, à la repartie facile et au bon sens solide. C'était une travailleuse infatigable et elle mourait prématurément d'avoir trop trimé dans les maisons bourgeoises. Lorsqu'elle tomba dans la cour, un domestique courut chercher le médecin, mais c'était trop tard. Jeanne tenait la main de sa mère et sanglotait en se roulant par terre dans ce silence qui faisait mal. On aurait aimé l'entendre gémir, pousser des cris, mais seuls ses yeux d'où coulaient d'abondantes larmes, ses lèvres tordues indiquaient son désespoir. Des sons sortaient parfois de sa gorge, semblables au gargouillis de l'eau après l'orage, mais sans signification. Avant de rendre son dernier soupir, Louise ouvrit les yeux, étrangement lucide, et caressa la joue de sa fille. Elle demanda M. Henri. Le maître accourut, car il était généreux.

Louise se tourna vers lui et parla, comme elle savait le faire, droit et direct.

– Je vous confie Jeanne, dit-elle.

– Elle restera ici ! répondit M. Henri, j'en fais le serment.

– J'ai confiance en vous ! Je peux mourir sans regret !

La mort de Louise laissa Jeanne dans un désarroi total. La jeune fille errait autour du château et dans la ferme, perdue, pauvre animal qui n'a plus d'attache. Sa bouche sans voix s'ouvrait sur un silence douloureux. Elle oubliait de manger et s'endormait dans le fossé. Elle ne se lavait plus. Marthe, la cuisinière de M. Henri, et Éliane, qui faisait le ménage au château, décidèrent alors de s'occuper d'elle. Marthe la prit à la cuisine, Éliane l'obligea à se laver, et lui apprit à se servir d'un balai...

M. Henri enfermait son épouse dans une chambre à l'étage du château. Là, elle pouvait crier, se frapper la tête contre les murs sur lesquels on avait tendu des couvertures, la folle ne risquait pas de se blesser. Un jour, elle réussit à s'échapper et se mit à courir en hurlant dans les couloirs. Elle arriva à la cuisine et vit Jeanne qui lui sourit. Que se passa-t-il entre la démente qui s'imaginait continuellement entourée d'ennemis et la jeune fille qui n'avait pas d'âme ? Marthe et Éliane furent étonnées de voir Mme Françoise s'approcher de la servante et la prendre dans ses bras. Ce fut le début d'une curieuse amitié entre cette femme issue de la meilleure noblesse locale et cette fille de rien. Elles ne se quittaient pas, et les crises de la folle s'espacèrent. Jeanne vivait au château et n'en sortait que pour de courtes promenades dans le parc avec Mme Françoise, pourtant, à l'automne 1930, le gros ventre de la jeune fille qui n'avait que dix-sept ans prouvait bien que quelqu'un avait abusé d'elle.

Un matin, tandis qu'il chassait, M. Henri trouva Jeanne sous un chêne au bord de la Vézère, se tordant de douleur, le visage contracté. Elle accouchait. Il courut chercher Marthe qui vint aider la pauvre adolescente à donner naissance à un garçon qu'Émile Lagarrigue, le vieux domestique chargé du troupeau de vaches, alla inscrire à la mairie et qu'il appela Blaise.

Jeanne reprit sa place auprès de Mme Françoise. Elle s'occupait de son bébé avec la vigilance d'une chatte pour son chaton. Et Blaise grandit, échappant à toutes les maladies infantiles. Il fut précoce pour marcher et parla à deux ans. Il fréquenta l'école jusqu'à douze ans et obtint son certificat d'études.

La guerre éclata, Mme Françoise mourut en 1940, une mort curieuse, subite, sans que le curé Lhéron eût le temps de lui apporter l'extrême-onction. Jeanne se retrouva de nouveau sans emploi et retourna à la ferme. Toutes les corvées étaient pour elle. Comme elle ne parlait pas, elle ne pouvait se plaindre des sévices que les uns et les autres lui faisaient subir. Ils ne manquaient pas, ceux qui la renversaient de force dans le foin ou derrière une haie. Tout le monde en profitait. M. Henri faisait semblant de ne pas s'en apercevoir : ses soucis d'argent le préoccupaient et il devait trouver des expédients pour faire face aux échéances de ses créanciers. Quatre ans après la mort de Mme Françoise, il se remaria avec Aline d'Archambault, de vingt ans sa cadette, ce qui n'arrangea pas sa situation financière...

Quand le malheur est sûr d'avoir terminé sa besogne, il s'en va ailleurs, car les projets ne lui font pas défaut. C'est alors le moment de se rebiffer, de le surprendre au coin du bois et de lui casser les reins. Il suffit d'attendre son heure, avec une patience de chat, à l'affût, bien dissimulé. Ainsi les persévérants finissent-ils toujours par gagner! Antoine Rolandier en était persuadé en arrivant à Tulle, ce mois de mai 1945. D'ailleurs, le malheur ne pouvait rien lui prendre, il ne possédait rien. Lui, le dernier des Rolandier, héritier de la longue lignée des meuniers du Gué de Bar, n'était propriétaire que d'un tas de ruines, des pierres calcinées, des charpentes pourries. Ce qui était un riche moulin au temps de sa petite enfance se réduisait à un amoncellement disparate couvert de ronces et d'orties à côté de la Vierge du Gué, toujours dressée au-dessus de sa grotte.

Antoine aurait voulu savoir ce qui s'était passé cette journée d'automne 1926 et ce qu'était devenu l'or des Rolandier. Le notaire de Tulle l'ignorait. Le moulin avait brûlé, son grand-père n'avait pu échapper aux flammes, seule la fille de la bonne, une sourde-muette, avait été sauvée en passant par une étroite lucarne.

– Votre grand-père avait de l'affection pour cette enfant qui ne le quittait pas. C'était une présence muette devant qui il n'avait pas besoin de se cacher puisqu'elle ne pouvait rien répéter ! Peut-être sait-elle où se trouve le magot, mais comment le lui faire dire ?

En regagnant sa moto garée sur la place de la cathédrale, Antoine pensait à cette fillette, maintenant une femme qui gardait au fond d'elle le souvenir des derniers instants de son moulin. Des pigeons tournaient autour de la flèche de la cathédrale. La ville avait souffert de la guerre et pansait ses plaies. Les gens qu'il croisait le dévisageaient : ici, on se méfiait des étrangers. Antoine avait envie de leur crier qu'il était des leurs, un Rolandier ! Ce nom évocateur de bonne farine aurait fait sourire les visages fermés et tendre les mains crispées ! Prisonnière de ses murs construits pour contenir ses rares mais violentes colères, la Corrèze coulait, toujours pressée...

Antoine enfourcha sa moto et partit sur la petite route qui suivait la rivière. Le soleil de cette fin mai illuminait la campagne. L'émotion étreignait le jeune homme. C'était par cette route qu'il avait fui le moulin du Gué avec sa mère. Sa mère ! Il n'avait plus envie de la voir et chassa aussitôt de sa mémoire l'image de cette belle femme qui ne savait rien se refuser. Il préférait penser à sa première enfance jusqu'à trois ans au moulin du Gué et au souvenir flou de son grand-père qui lui expliquait le métier de meunier, l'art de régler les meules, le premier de tous, la manière de reconnaître un bon blé d'un coup d'œil. Parfois, alors que le soleil flambait sur la colline de Bar, la chute de la grande roue s'ornait d'un arc-en-ciel placé là pour le seul plaisir des yeux...

Et puis une nuit, une nuit terrible dont il n'avait rien oublié, sa mère vint le réveiller en lui soufflant à l'oreille de ne pas faire de bruit. Elle l'aida à s'habiller prestement dans le noir, puis ils partirent tous les deux en courant, une fuite vers l'inconnu. Au village de Bondy, sur la colline, la première maison était éclairée ; Lucien Bonneaud, que Paul avait mis à la porte quelques jours plus tôt, les attendait. C'était un solide gaillard, un peu roux, aux mouvements lents. Au petit jour, ils se rendirent à Brive, puis prirent le train pour Paris. Quand ils furent installés dans le wagon, Antoine entendit sa mère dire à Lucien :

– Que je m'en aille, le vieux s'en fout sûrement, mais que j'emmène son petit-fils, ça va l'achever !

À Paris, Lucien Bonneaud trouva facilement du travail à la voirie, Pauline reprit son ancien métier de lingère. Mais Lucien se lassa vite de la grande ville, le mal du pays le taraudait et il retourna chez lui avant l'automne. Pauline trouva un autre amant, plus âgé que Lucien, plus riche aussi, mais il ne supportait pas Antoine qui fut mis en pension chez les Jésuites. Des années difficiles pour le dernier des Rolandier. Seul, abandonné de sa mère, il supportait mal la vie dans ces grandes maisons sans âme où les frères faisaient régner une discipline de fer. Il se réfugiait dans la chaleur de ses projets : un jour, il quitterait l'école, un jour, il reviendrait chez lui, au moulin du Gué, pour prendre la succession de son grand-père. Il rêvait alors de blé bien mûr, de beaux grains à l'entaille peu profonde. Une farine légère comme un nuage de brume coulait dans les sacs blancs. Et le moulin vibrait, grognait son contentement. Les courroies claquaient, les poulies ronronnaient... Il achèterait un béret qu'il porterait à plat, incliné sur l'oreille gauche, comme son grand-père, comme tous les Rolandier. Dans ses moments de détresse, l'enfant s'accrochait à de tels détails : « Je suis un Rolandier ! se répétait-il, ici personne ne sait ce que veut dire ce mot ! » Et tandis que le maître expliquait au tableau le principe des nombres premiers, Antoine s'entraînait à ressembler à un Rolandier et fermait l'œil droit. Ou bien il imaginait la manière de tenir le burin pour aiguiser les meules, de taper avec le marteau selon la profondeur de l'entaille...

Les tournants n'en finissaient pas entre Tulle et Vimbelle. La route, creusée dans le rocher, suivait les méandres de la Corrèze. Antoine découvrait avec plaisir la course furieuse du torrent qui se heurtait à des murs de pierre. Cette rivière n'était pas comme les autres, c'était sa rivière, celle dont les siens avaient su tirer leur richesse. À mesure qu'il se rapprochait de Bar, il sentait monter en lui une frénésie, une euphorie qu'il avait envie de crier. Il était parti comme un fugitif, il revenait en conquérant. Maintenant que la guerre était finie, il allait reconstruire le moulin du Gué ; la lignée des Rolandier allait renaître ! Enfin, sa longue patience était récompensée : Antoine n'avait vécu jusque-là que pour ce moment du retour, d'abord pendant les douze longues années de pensionnat, puis à l'armée, à la guerre et enfin en Allemagne où il était resté cinq ans prisonnier. Les événements s'étaient ligués pour le retarder, mais désormais rien ne pourrait plus l'arrêter. Parti à trois ans, il revenait à trente et un, animé d'une impatience souveraine. Il arrivait à Bar avec, en poche, son bien le plus précieux : le titre de propriété des ruines du moulin du Gué et de ses terres en friche.

Il s'arrêta sur la place du village et crut reconnaître la poste sur sa droite, le bistrot, les maisons serrées sur leur promontoire rocheux qui dominait la rivière. Dans le potager proche du cimetière, un homme se dressa, poussa son béret et le regarda avec curiosité.

Antoine entra dans le bistrot. Une femme aux cheveux blancs servait un verre de vin à un homme dont les larges oreilles fines retenaient le chapeau de feutre trop grand. Il portait une veste de chasse et un épais pantalon de velours. Il se tourna vers Antoine, le dévisagea, se gratta le front, perplexe. Cette silhouette ne lui était pas étrangère. Le visage surtout de l'arrivant lui rappelait quelqu'un, avec son front large, ces cheveux noirs frisés, et cet œil droit plus petit que le gauche... L'homme souleva son chapeau, découvrant son crâne chauve, et sourit.

– Faites excuse, monsieur, dit-il à Antoine, mais il me semble vous connaître...

Antoine sourit ; rien n'aurait pu lui faire plus plaisir.

– En effet, je suis d'ici ! répondit-il. Mais je suis parti quand j'avais trois ans !

– Ce serait vous faire offense de penser que vous êtes un Rolandier, les fameux meuniers du moulin du Gué ?

– Je suis un Rolandier, le dernier, Antoine, le fils de Jean tué à la guerre et le petit-fils de Paul, mort brûlé dans son moulin...

– Sainte mère de Dieu ! s'exclama Paulette, la femme aux cheveux blancs, debout derrière le comptoir. Est-ce possible ?

Le petit homme au grand chapeau contenait mal son émotion. Il regardait Antoine en souriant. Le retour du dernier Rolandier ne pouvait être qu'une bonne nouvelle. Après ces terribles années de guerre, le passé se raccrochait au présent pour oublier les épreuves. Le moulin du Gué, c'était l'œuvre d'une famille mais aussi l'orgueil de tout un village et la marque de sa prospérité !

– Le pauvre Jean ! reprit le vieux. On est partis ensemble à la guerre, mais il n'a pas eu autant de chance que moi !

Il fit signe à Paulette d'ajouter un verre de vin.

– Quand le malheur s'en mêle..., fit-il, fataliste.

Une jeune femme sortit de la cuisine et se mit à laver les verres derrière le comptoir. Elle était très brune malgré une peau laiteuse ; ses cheveux courts lui donnaient une tête de petit garçon. Elle sourit à Antoine qui remarqua son regard ardent, plein de lumière autour de ses pupilles noires.

– Henriette, dit Paulette, sais-tu qui est ce jeune monsieur ? C'est Antoine Rolandier, le petit-fils de Paul, le meunier.

La jeune femme regarda de nouveau Antoine.

– Je me souviens quand le moulin a brûlé, dit-elle. Je devais avoir neuf ou dix ans. Les flammes montaient si haut qu'on aurait dit qu'elles touchaient les nuages. Les hommes lançaient de l'eau, mais ça ne suffisait pas. Et puis ils ont sorti la petite sourde-muette dont les cheveux avaient brûlé...

– On sait ce qu'elle est devenue ? demanda Antoine.

– Jeanne qu'on l'appelait ! ajouta Henriette. Je m'en souviens comme si c'était hier. Elle avait deux ou trois ans de plus que moi, mais elle était si maigrichonne qu'elle faisait pas son âge. Non, je sais pas ce qu'elle est devenue.

– Il me semble, dit le vieux, qu'elle est dans un grand domaine du côté de Treignac. Quelque chose comme l'Étanchade. Le bourgeois était venu acheter des prunes et des pommes, vu qu'ici les fruits sont meilleurs que partout ailleurs !

Antoine but son verre de vin. Pour la première fois de sa vie, il n'avait pas l'impression d'être un étranger, un déraciné. Il était chez lui, ici, parmi les siens, ceux pour qui il n'était pas un inconnu. Il demanda :

– J'ai l'intention de reconstruire le moulin. Mais en attendant, je pourrais trouver à me loger ici ?

Paulette sourit :

– Les Rolandier sont des gens d'honneur. Il y a toujours une chambre pour le dernier à porter un nom que les boulangers et les pâtissiers connaissaient à Tulle, à Brive et plus loin encore. Bar, c'était le pays des bons fruits et de la belle farine, on en est fiers !

Un petit homme très vieux, bossu, entra dans le bistrot. Il avait la tête haute, le front étroit, des yeux ronds d'oiseau. À son tour, il observa Antoine puis, enfin, prit une longue inspiration.

– J'y ai pas cru, fit-il. J'étais dans le jardin à plumer l'herbe de mes carottes. Non, j'y ai pas cru et maintenant, je vous vois ! Le petit Rolandier, là, devant moi ! Tout le portrait du pauvre Paul. J'ai travaillé avec lui jusqu'au malheur ! Je portais les sacs de farine aux boulangers de Tulle et d'ailleurs avec mon cheval puisqu'à cette époque, c'était pas comme maintenant ! Ah, la bonne farine ! Et savoureuse avec ça ! Un goût d'amande fraîche, de noisette qui aurait poussé à l'ombre parce que ce sont les meilleures ! Vous vous en souvenez, de votre grand-père Paul ?

– Très vaguement !

– Sur la fin, il avait une bonne parce que votre pauvre grand-mère n'avait plus toutes ses idées. Cette femme avait une fille sourde-muette que le pauvre Paul avait prise en affection...

– Et cette fille, reprit Antoine, vous dites qu'elle se trouve dans un grand domaine près de Treignac ?

– Oui, sa mère est morte. On a dit qu'elle était comme une pauvre bête. Et pourtant, comme elle s'entendait bien avec votre grand-père ! C'était un plaisir de voir le vieux Rolandier donner la main à cette brunette...

– Je me souviens, dit Henriette, que sa mère avait essayé de la faire aller au catéchisme, mais elle n'avait jamais pu rien apprendre. Et comme elle savait pas se défendre, les autres la faisaient souffrir ! Elle pleurait beaucoup, la pauvre !

– Sa mère ne mâchait pas ses mots et se laissait pas monter le coup ! précisa Paulette.

Henriette n'avait pas quitté Antoine des yeux. Elle ajouta :

– C'est vrai qu'elle se gendarmait quand les garçons s'en prenaient à sa fille, et qu'ils en avaient peur ! Venez, je vais vous montrer votre chambre.

Antoine alla chercher son sac attaché sur le porte-bagages de sa moto et revint près de la jeune femme.

– Moi, j'habite ici avec ma mère qui tient le bistrot, expliqua Henriette. Je suis veuve ! Je vous dis, le temps n'a pas été facile pour tout le monde !

Elle précédait Antoine dans l'escalier de bois qui craquait.

– Je me souviens de votre grand-père. Mon père descendait au Gué faire moudre son grain, je le suivais parce que l'endroit me plaisait...

Antoine ne se souvenait pas du moulin. En lui, tout se brouillait, se mélangeait, il ne conservait que l'image floue de son grand-père lui montrant du blé dans la paume de sa main et l'arc-en-ciel sur la chute d'eau.

Henriette se tourna en ouvrant la porte de la chambre et planta ses yeux dans les siens :

– Pourquoi la guerre n'a tué qu'un seul soldat dans la commune et il a fallu que ce soit mon mari ?

La pièce n'avait pas été aérée depuis longtemps et une forte odeur de moisi flottait dans l'ombre des volets. Henriette ouvrit la fenêtre. Sur les murs, le papier orné de longues guirlandes vertes délavées se décollait par endroits.

– Ici, vous serez bien. Mais vous allez nous rester longtemps ?

Antoine haussa les épaules et se tourna vers la fenêtre. Un coq chantait quelque part dans le village.

– Il faut que je retrouve cette Jeanne, sourde-muette !

Antoine arrêta sa moto sous le hêtre et souffla un instant. De la route goudronnée montaient des vagues d'air brûlant. Midi sonnait à l'église de Treignac, massive, sombre, dans sa vallée encaissée. En dessous, la Vézère coulait entre de gros blocs de rochers, tantôt pressée, bouillonnante, tantôt calme, noire, s'attardant dans des cuvettes profondes et mystérieuses.

Antoine découvrait ce pays par-delà les Monédières, rude, austère, moins généreux que le pays de Bar. La terre noire aimait l'ajonc et la bruyère, le genêt et le genévrier. Le blé y était irrégulier, les épis légers, le grain riche en son. Les paysans fauchaient des prés maigres et pentus. La vie avait repris son cours, comme si la guerre n'avait pas eu lieu, comme si elle n'était jamais passée par là. Antoine était pressé : il avait donné sept années à la France, le temps était venu de penser à lui.

Ce matin, il était descendu au Gué de Bar, il avait mis les pieds dans ses pas d'enfance, découvert la rivière et les ruines qui étaient son seul bien. La grange avait résisté au temps ; le toit d'ardoise s'écaillait, mais les murs étaient encore solides. Le petit four avait perdu sa porte. Du moulin, il ne restait rien que pierres noires et charpentes calcinées envahies d'un fouillis de ronces et d'orties. Il avait suivi le cours de la Corrèze jusqu'au rocher au-dessus de la petite grotte, en forme de Vierge tendant le bras vers les ruines. Il était plus que jamais décidé à reconstruire le moulin ; Paul possédait assez d'or, mais cet or, où était-il ? Sous les gravats, à portée de sa main ?

Il laissa sa moto appuyée contre le hêtre et fit quelques pas sous un lourd soleil qui semblait concentrer toute sa lumière dans la vallée. Une bergère chantait une vieille complainte en patois et les mots dans cette langue qu'Antoine ne comprenait pas s'envolaient, gais, aussi colorés que des papillons.

Un vieil homme, près de la haie, le regardait marcher. Il s'essuya le front avec son mouchoir blanc et rouge. Antoine lui demanda :

– L'Étanchade, c'est bien au bout du chemin ?

L'autre fut surpris. Il siffla son chien, déplaça un peu de foin du bout de sa fourche.

– Vous allez à l'Étanchade, vous ? Alors vous êtes un étranger.

– Pas tant que ça ! Je viens de Bar, c'est à une trentaine de kilomètres.

– C'est bien ce que je disais, vous êtes un étranger !

Il était très maigre ; son visage osseux sous un chapeau de paille aux bords ébréchés était taillé de larges rides noires de crasse.

– Oui, c'est là-haut ! Mais que diable allez-vous faire à l'Étanchade ?

– Chez Couperade ! Ils cherchent un domestique !

– Vous savez, la terre n'aime que les hommes qu'elle a vus naître. Et plus au château qu'ailleurs !

– Et pourquoi ?

– Parce que ce ne sont pas des gens comme tout le monde ! M. Henri est un brave homme, mais il manque de poigne et laisse son intendant plumer les métayers...

– Ah bon !

– M. Henri est trop riche pour comprendre ces choses. Tout ce que vous voyez sur la colline, les plus beaux champs, ces prés, cette forêt, c'est à lui. Et pourtant, si les bruits qui courent sont vrais...

– Quels bruits ?

Il déplaça encore un peu de foin léger comme une fumée.

– Les gens parlent ! Ils disent du vrai et du faux, mais quand même du vrai...

– Qu'est-ce qu'ils disent ?

L'homme haussa les épaules, et s'éloigna. Antoine remonta sur sa moto. Sur la colline, des petits nuages se formaient, tout en hauteur. Des rapaces tournaient dans le ciel. Il atteignit enfin le hameau, quelques maisons et leurs étables disposées de chaque côté de la route. Une forte odeur de purin alourdissait l'air. Deux chiens couchés à l'ombre d'un tilleul aboyèrent mollement contre l'étranger. La rue était déserte : hommes, femmes et enfants se trouvaient aux prés. Antoine se dirigea vers l'entrée d'un parc entouré d'un grand mur. Une allée entre des massifs taillés conduisait à un château délabré, longue bâtisse au toit immense flanquée de deux tours rondes. Le parc était planté de cyprès, de chênes énormes. Une deuxième allée contournait le château et menait, en contrebas, à plusieurs bâtiments de ferme en belle pierre de taille. Antoine arriva dans une sorte de cour, les chiens d'une meute se mirent à brailler. Sur sa droite, agenouillée au bord d'un lavoir, une femme encore jeune tapait du linge sur sa planche à laver. Des mèches noires s'échappaient de son chapeau. Elle tourna vers Antoine ses grands yeux sombres, le dévisagea d'une manière curieuse. Elle n'était pas laide, bien au contraire. Les traits de son visage étaient réguliers, sa peau très blanche contrastait avec ses cheveux noirs. Elle resta un moment ainsi, la bouche ouverte, puis se dressa et partit en courant, épouvantée, mais sans un cri.

– Qu'est-ce que c'est encore ?

L'homme qui venait de sortir de l'étable clignait des yeux sous sa casquette, il était grand et maigre. Sa barbe de plusieurs jours blanchissait ses joues et son menton assez fort. Il rit.

– C'est la Mule ! Elle est muette et sourde !

La Mule ! Antoine venait de retrouver Jeanne que son grand-père avait sauvée du moulin en flammes ! C'était pour elle qu'il était venu ici, qu'il acceptait la condition de domestique.

– Je suis bien à l'Étanchade ? demanda de nouveau Antoine. Paraît qu'on cherche quelqu'un ?

– Oui, dit l'homme, mais faut voir Peyroude, l'intendant, et M. Henri ! Allez frapper au château. Éliane vous guidera.

L'homme s'effaça dans l'ombre de l'étable. Antoine posa sa moto et prit l'allée qui conduisait au château. Il avait une curieuse impression, comme si, à l'intérieur des hauts murs du parc, rien n'était comme ailleurs. L'air semblait plus épais, moins lumineux et, depuis qu'il avait vu Jeanne, il sentait le poids d'un silence souverain prêt à l'écraser. Il hésita avant de frapper à la lourde porte de chêne. Une femme, grande et maigre, lui ouvrit.

– Je viens pour la place de domestique ! dit Antoine.

Sans un mot, elle lui fit signe de le suivre. Il traversa un hall au plafond très haut orné de dorures qui s'écaillaient et d'une grande peinture aux couleurs passées représentant des anges. Ils empruntèrent un couloir agréablement frais. Le bâtiment principal du château se prolongeait par une aile qui abritait une cour intérieure entre les deux tours. Un homme, assis à l'ombre d'un tilleul aux branches en parasol, lisait son journal. Il était massif, la tête large sous son chapeau de paille. En face de lui, une jeune femme tenait ouvert devant elle un livre à couverture rouge. Elle ne portait pas de chapeau et ses cheveux roux moussaient autour de sa figure piquée de taches de son. Antoine remarqua tout de suite qu'elle n'était pas de ces rousses cuivrées à la peau ingrate. Elle leva sur lui ses yeux d'un beau vert clair.

– Qu'y a-t-il encore ? demanda l'homme en tournant vers Antoine sa large figure.

Ses tempes étaient blanches, mais les cheveux du dessus du crâne qui tombaient sur son front ridé conservaient une belle couleur d'aile de corbeau. Il avait un bon regard, franc et généreux. Antoine salua, sa casquette à la main.

– On m'a dit que vous cherchiez un domestique !

M. Henri le détailla de la tête aux pieds, sans un mot. Antoine se sentait estimé comme une bête de foire et il serra les dents. La jeune rousse, comme absente, avait repris sa lecture.

– En effet, je cherche un domestique. Vous venez d'où ?

– D'Allemagne où je suis resté cinq années comme beaucoup d'autres ! J'étais dans une ferme et je connais le travail.

M. Henri se racla la gorge. La femme se tourna vers lui et eut un léger mouvement de tête. Sur la tour, des pigeons roucoulaient.

– Vous n'avez pas l'accent d'ici. Vous êtes parisien ? La terre n'aime pas les gens de la ville.

– Je suis parisien en effet, parce que ma mère m'a emmené avec elle à Paris lorsque j'étais petit. Mais je suis de Bar, sur le bord de la Corrèze. Mon grand-père y avait le moulin du Gué.

M. Henri fronça les sourcils et se gratta les cheveux sur la tempe droite. Il n'avait rien oublié de ce que lui avait raconté la mère de Jeanne, l'incendie qui avait coûté la vie au meunier.

– Vous êtes un Rolandier ?

Antoine prit un air étonné. M Henri tenait sa canne vernie de la main droite, une main blanche, potelée, ornée d'une chevalière. La jeune femme le regarda, intriguée.

– Je suis le dernier des Rolandier ! dit avec orgueil Antoine qui ne baissa pas les yeux.

– Le dernier des Rolandier ne se fait pas garçon d'écurie. Je crains que votre place ne soit pas ici ! rétorqua M. Henri.

Antoine ne s'attendait pas à cet accueil. M. Henri ne le quittait pas des yeux. Après avoir réfléchi un instant, il demanda :

– Qu'est-ce que vous venez faire ici ? Figurez-vous que je connais bien l'histoire du moulin du Gué de Bar par ma vieille servante, Louise, que j'appréciais, morte depuis longtemps. C'est sa fille, Jeanne, qui vous intéresse ?

Antoine se sentit tout à coup plein de gratitude pour cet homme qui avait recueilli Jeanne et sa mère. M. Henri poursuivit :

– Vous n'en tirerez rien ! C'est une pauvre malheureuse, à peine plus qu'un animal ! Il n'y a que son chat pour la comprendre.

Antoine insista :

– Elle était avec mon grand-père dans le moulin... Elle ne le quittait pas. Elle a tant de choses à me dire ! Et je veux reconstruire le moulin du Gué.

– Mais elle ne vous dira rien. Elle ne sait même pas que les mots existent, que chaque objet, chacun de nos actes, de nos sentiments peuvent se remplacer par des sons. Elle vit dans un silence perpétuel : le bruit pour elle est inimaginable !

Comme Antoine ne bougeait pas, M. Henri ajouta :

– Je veux bien vous aider et vous garder ici le temps que vous voudrez, puisque vous connaissez le travail. Allez trouver François Peyroude, mon intendant. Il doit être à la ferme, vous n'aurez qu'à le faire appeler. Mais rappelez-vous, c'est peine perdue !

Antoine remercia et s'éloigna. Les yeux de la jeune femme rousse étaient posés sur lui, des yeux pleins d'insistance, de curiosité. Cela le gênait, freinait ses mouvements, il en avait les jambes lourdes, le pas incertain, comme s'il avait bu.

M. Henri plia son journal et leva la tête vers la jeune femme.

– Que se passe-t-il, Aline, pourquoi regardes-tu ce garçon avec autant d'insistance ?

– C'est à cause de ce qu'il vous a raconté ! Je ne comprends pas que vous l'ayez gardé. Je ne crois pas qu'il puisse se faire à la condition de domestique.

– Il s'y est bien plié pendant cinq ans en Allemagne !

– Ce n'est pas pareil !

– Certes, mais son grand-père avait été bon avec Louise et Jeanne, je serai donc bon avec lui. Il nous manque un ouvrier, alors lui ou un autre... Sa présence ne creusera en rien le fossé de mes dettes !

Aline eut un mouvement agacé de la main, comme pour chasser une mouche de sa joue.

– Votre attachement à cette pauvre sourde-muette m'a toujours semblé curieux, pour ne pas dire ridicule.

M. Henri fronça les sourcils, suivit des yeux une hirondelle qui tournait au-dessus du tilleul.

– Je suis un homme d'honneur et je respecte mes engagements !

Aline pinça les lèvres et se replongea dans son livre.

Antoine gagna l'écurie. Il y régnait une entêtante odeur de cuir et de sueur animale. Un jeune garçon d'une quinzaine d'années, qui sortait le fumier avec une pelle anglaise, cessa son travail et sourit au visiteur. Une incisive lui manquait. Toute l'expression de son visage en était marquée, de sorte qu'on ne voyait que ce trou sous sa lèvre supérieure.

– Je cherche l'intendant, François Peyroude, dit Antoine. Je suis le nouveau domestique.

– François Peyroude ? Je sais pas...

Sa voix était encore celle d'un enfant. Il était grand et très maigre ; le manche de la pelle semblait démesuré pour ses longs bras décharnés. Il ne quittait pas Antoine de ses yeux curieux, car l'attitude du nouveau venu n'était pas celle d'un domestique ordinaire, un de ces pauvres garçons un peu simplets prêts à tous les travaux pourvu qu'on leur donne à manger.

– Vous allez rester ici, maintenant que la guerre est finie ?

– Oui, pourquoi pas ? demanda Antoine en souriant.

Le garçon haussa les épaules.

– Parce que vous n'avez pas une tête de domestique. On dirait que vous êtes allé aux écoles.

– J'y suis allé un peu, en effet, mais je connais aussi le travail de la ferme.

Le garçon reprit vivement sa pelle. Un homme râblé, noir de visage, les sourcils épais, le nez écrasé, arrivait d'un pas vif.

– Et voilà que tu t'appuies sur le manche, le Berche ! cria l'homme. Je vais t'apprendre à flemmarder !

Puis il se tourna vers Antoine.

– C'est pour quoi ? demanda-t-il rudement.

– Je crois que vous cherchez un domestique. J'ai vu M. Couperade.

– Oui, on cherche quelqu'un qui sait travailler, pas un vaurien comme ce Berche ! dit Peyroude en dévisageant Antoine. Si M. Henri est d'accord, moi aussi. Sachez qu'ici on travaille. Et les fortes têtes, je les remets vite à leur place ! Bon, vous allez aider le Berche à sortir le fumier et ensuite, il vous montrera les communs où vous logerez... Vous connaissez le travail ?

– J'ai été dans une ferme en Allemagne pendant cinq ans.

– Alors, ça devrait aller.

Peyroude s'éloigna de son pas pressé de sergent. Antoine entra dans l'écurie. Le jeune garçon peinait à pousser le lourd fumier dont l'ammoniaque piquait la gorge.

– Il n'est pas commode, le chef ! constata Antoine. Il est comme ça avec tout le monde ?

Le garçon haussa les épaules.

– Surtout avec moi parce que j'ose pas me défendre.

– Comment tu t'appelles ? Moi, c'est Antoine.

– On m'appelle le Berche à cause de ma dent cassée. Mon vrai nom, c'est Blaise, Blaise Perront.

Le garçon baissa la tête, il fixait une touffe de paille épargnée par le purin. Enfin son regard se posa sur une forme sombre qui se dissimulait dans un coin, un animal tapi dans l'ombre dont les yeux luisaient, grands et pleins de frayeur.

– Mais qu'est-ce que tu fais là, la Jeanne ? Attends un peu que Peyroude te voie !

Blaise prit le bras que la femme tenait au-dessus de sa tête comme pour se protéger des coups et tira vivement, l'obligeant à se mettre debout. Quand elle vit Antoine, la terreur se marqua sur son visage, elle claquait des dents. Antoine lui sourit.

– Allez, au boulot ! cria l'adolescent. Si l'autre te voit là, ce sera ta fête !

La femme s'en alla d'un pas mal assuré tandis que le jeune homme revenait vers Antoine, tout fier de son autorité.

– Elle aura eu peur de quelque chose ! dit-il. Et quand elle a peur, elle vient se cacher ici. Elle est sourde et muette, alors c'est pas facile de lui faire comprendre...

– C'est qui ?

– La Mule, ils l'appellent ! Elle comprend rien, moins qu'un chien...

Il baissa la tête, son visage s'assombrit.

– C'est ma mère ! ajouta-t-il dans un souffle.

– Et ton père ?

Il haussa de nouveau ses épaules étroites et anguleuses.

– J'ai pas de père. Venez, je vais vous montrer les chambres. Il y en a une de libre, alors ce sera forcément la vôtre. La Jeanne et moi, on habite là !

Chaque soir, François Peyroude rendait compte de la journée à M. Henri. Les journaliers passaient se faire payer par le maître avant de s'en aller chez eux. Les autres domestiques s'activaient aux étables. Blaise surveillait les veaux qui tétaient, Émile Laguarrigue donnait du foin et de l'avoine aux deux chevaux et aux bœufs qui n'allaient jamais au pré. Antoine coupait la paille pour la litière et l'étalait autour des animaux. Il aimait l'odeur de cuir chaud, de purin, l'air confiné de l'étable qui lui rappelaient ses cinq années en Allemagne où il n'avait pas été malheureux. Pourtant, il avait l'impression de perdre son temps : Jeanne restait inaccessible, murée derrière la fuite perpétuelle d'un animal traqué. Il avait essayé à plusieurs reprises de l'approcher, mais la femme se mettait à trembler, épouvantée, et fuyait se cacher pour ne plus se montrer de la journée.

Peyroude, Émile, Éliane et Marthe rentraient chez eux au village à la nuit. Antoine, Blaise et Jeanne restaient à la ferme. Ils dînaient dans la salle des communs des restes de midi que Marthe gardait pour eux, mais Jeanne ne se montrait jamais. Elle volait un morceau de pain quand la salle était déserte et allait le grignoter dans sa cachette ou dans sa chambre.

Au début, Blaise se méfiait d'Antoine. Il mangeait en silence, et se trouvait toujours une occupation pour quitter la table. Antoine tentait de l'apprivoiser, il lui parlait du pensionnat, de l'Allemagne, de ses années de captivité. Quand il abordait le sujet qui le préoccupait, l'adolescent se cabrait.

– Ma mère ! Ma mère, vous n'avez que ce mot à la bouche ! On dit : la Jeanne !

– Tu peux pas lui demander de venir avec nous ?

Blaise se dressait, menaçant.

– Qu'est-ce que vous lui voulez ? Vous voulez en profiter, vous aussi, comme les autres !

– Non, et tu peux m'aider. La Jeanne était avec mon grand-père quand le moulin du Gué de Bar a brûlé...

– Et qu'est-ce que vous croyez ? Qu'elle va vous raconter ce qui s'est passé ?

– Pourquoi pas ?

– Parce qu'elle a moins de raison que son chat ! Mais moi je sais écrire, ajouta Blaise avec fierté. J'ai eu le certificat à douze ans. L'instituteur voulait que je continue, mais l'école c'est pas fait pour le fils de la Mule.

– On peut, peut-être, lui apprendre à lire...

– Sûrement pas ! fit-il avec un rire forcé. Sa tête est aussi dure qu'une pierre.

Au début du mois de juin, plusieurs jours d'orage suspendirent les travaux des foins. Blaise en profitait pour aller pêcher des truites dans la Vézère. Il était très habile et rapportait des paniers entiers de poissons. Les plus beaux étaient pour M. Henri.

– Tu l'aimes bien, n'est-ce pas ? lui demanda un soir Antoine.

– Il a toujours été bon avec moi !

Antoine voulait mettre à profit les absences de Blaise pour tenter d'approcher Jeanne, mais elle demeurait introuvable. Un soir, tandis qu'il rejoignait sa chambre, de curieux grognements venus de l'écurie attirèrent son attention. Il s'approcha de la porte et vit, par un trou entre les planches, la muette adossée à la meule de foin. Peyroude, devant elle, riait grossièrement de l'effroi qui se lisait sur le visage clair de l'infirme. Son bras se leva, Jeanne entra la tête dans ses épaules. La gifle claqua sur sa joue comme un coup de fouet. Puis une deuxième, et une autre encore. Peyroude s'acharnait sur la pauvre femme qui tentait de se protéger avec les coudes. Ses cheveux noirs volaient en battements d'ailes désordonnés. Jeanne laissait échapper des bruits de gorge, horribles gargouillis qui ne pouvaient appartenir à aucun animal.

Enfin, les coups cessèrent. Peyroude se jeta sur elle, souleva sa jupe. Jeanne ne se débattait plus, proie livrée. Alors, Antoine ouvrit brusquement la porte. Peyroude se tourna vivement. Son regard plein de haine fixait le domestique. Jeanne repoussa sa jupe sur ses genoux, tremblante dans la pénombre. Les deux hommes se défièrent un instant. Antoine n'avait pas l'intention de battre en retraite et serrait les poings. Ce fut Peyroude qui s'écarta.

– Eh bien quoi ? fit-il en sortant. La Mule avait besoin d'une correction !

Antoine se tourna vers Jeanne, qui recula.

– N'aie pas peur, Jeanne. Je ne veux pas te faire de mal !

Il tendit la main vers elle. Jeanne fit un bond de côté et courut vers la porte restée ouverte. Il voulut la retenir par la manche de sa robe, elle se débattit violemment, le griffa et s'enfuit.

Le soir, tandis que les autres s'occupaient des vaches et des chevaux, Jeanne devait apporter le grain aux poules et la pâtée des porcs. Elle ne pouvait accomplir que des travaux simples. Marthe n'avait jamais pu lui apprendre à gaver les oies ni à ramasser les œufs sans qu'elle en casse la moitié. Seule la lessive lui convenait et elle lavait le linge à peu près correctement.

Ce soir-là, Marthe ne la trouva nulle part. La cuisinière alla dans la petite chambre des communs où l'infirme dormait, parcourut le parc, demanda à M. Henri s'il ne l'avait pas vue; Peyroude lui dit avoir autre chose à faire que de surveiller cet animal. Marthe était une grande femme maigre au visage triste. Veuve de la guerre de 14, elle drapait son corps osseux dans un long tablier noir. Elle parlait peu, mais à bon escient. M. Henri ne voulait que sa cuisine et quand elle s'absentait un jour ou deux pour aller voir sa fille et ses petits-enfants à Objat, elle lui préparait des plats qui pouvaient se réchauffer.

À son retour de la pêche, Blaise, apprenant que sa mère avait disparu, haussa les épaules et baissa les yeux dans un mouvement fataliste :

– Bientôt, il faudra l'attacher ! Bon, je vais aller la chercher.

– Je viens avec toi ! dit Antoine.

Ils partirent dans le chemin creux qui longeait le mur du parc. Le soir tombait, frais pour un début de mois de juin. Les chiens de M. Henri attendaient leur pitance et hurlaient au moindre bruit. La Vézère coulait en contrebas. Après la boucle qui entourait Treignac, elle dévalait par un escalier de cascades jusqu'à des gorges encaissées, parsemées de rochers monstrueux. Le parc du château se poursuivait en pente raide dans un chaos de blocs gris et une falaise d'une dizaine de mètres d'aplomb contre laquelle se heurtait le torrent.

– Quand elle a peur, c'est ici qu'elle vient se cacher ! dit Blaise de sa voix qui oscillait entre le grave et l'aigu.

Il marchait d'un pas résolu devant Antoine comme pour montrer sa détermination de chef de famille. La fugue de sa mère était, en effet, son affaire : M. Henri lui avait confié la responsabilité de Jeanne et il l'assumait sans défaillance, cachant ses bêtises à Peyroude.

Ils arrivèrent au bord de la rivière sombre. L'eau cascadait entre les rochers, reflétant des plaques mouvantes de lumière. Au bout du pré, un taillis d'aubépines était dominé par le chêne des bergères, un arbre souverain, poussé là, les pieds dans l'eau, et respecté par la foudre et des générations de paysans. Son tronc énorme possédait la vertu d'apporter amour et bonheur à ceux qui se frottaient à son écorce rugueuse. Peyroude qui se moquait de ces superstitions avait projeté de le couper, mais M. Henri s'y était formellement opposé.

– Elle sait rien de ce qu'on dit sur cet arbre, ajouta Blaise, mais il est si grand et si beau que ça lui fait impression !

Jeanne était là, en effet, assise sur une racine près du tronc majestueux. Quand elle vit Blaise s'approcher d'elle, le pas sûr, les poings sur les hanches, dans une attitude de réprimande, son regard se troubla. Elle se tourna vers Antoine, ses lèvres bougèrent, elle secoua la tête et se sauva en courant.

– Où t'es partie comme ça? s'écria Blaise.

Il la rattrapa vite, l'arrêta et se planta devant elle pour l'obliger à faire demi-tour. Jeanne le regardait de ses grands yeux suppliants. Son visage était animé de grimaces. Elle mit les mains devant sa figure dans un geste qui lui était habituel.

– Allez, à la maison, et vite! cria l'adolescent. Si tu continues, je vais être obligé de t'attacher ou de t'enfermer, comme les chiens de M. Henri!

Jeanne émettait des bruits de gorge, de petits cris qui ressemblaient à des grincements. Blaise la poussa jusqu'au gros chêne, alors son regard croisa de nouveau celui d'Antoine, et elle se mit à trembler.

– Laisse! Je vais m'en occuper!

Blaise se cabra.

– Qu'est-ce que vous croyez? C'est pas la première fois qu'elle s'en va! Allez la Jeanne, il faut remonter, tu vois bien qu'il fait nuit!

Une chouette poussait son cri lugubre. Le bruit du torrent s'intensifiait à mesure que la nuit s'épaississait, une nuit moite. Blaise prit sa mère par le bras et la tira dans le chemin.

– Arrête! cria Antoine sur un ton autoritaire qui stoppa net l'adolescent.

Blaise lâcha Jeanne qui recula, regarda anxieusement autour d'elle, cherchant à s'échapper, puis marcha jusqu'à un roncier, se recroquevilla dans les grandes herbes, animal qui attend les coups, la tête posée sur ses genoux. Antoine s'approcha d'elle.

– Jeanne, il ne faut pas avoir peur de moi. Je ne te veux aucun mal! Regarde-moi...

Mais Jeanne ne bougeait pas, les bras croisés sur la tête, le corps parcouru de tremblements.

– Jeanne, je t'en prie ! insista Antoine.

– Ça ne sert à rien ! dit le jeune garçon. Elle n'entend pas !

Il avait raison et Antoine laissa Blaise prendre sa mère par les épaules, l'obliger à se mettre debout et la pousser devant lui. Jeanne baissait toujours la tête ; ses cheveux volaient en désordre sur ses épaules, ses pieds butaient contre les pierres. Tout à coup, le garçon se tourna vers Antoine :

– Qu'est-ce que j'en ai marre ! soupira-t-il.

Quand ils arrivèrent dans la cour, un chat gris, rayé de fauve, vint tourner autour de Jeanne en miaulant et ronronnant.

– Ah, te voilà, toi ! fit Blaise. Ça faisait longtemps qu'on t'avait pas vu !

– Qu'est-ce que c'est ? demanda Antoine.

– Grigris, son chat. On sait pas d'où il vient. Il vit dans les bois et vient voir la Jeanne de temps en temps. Il dort dans sa chambre quelques heures et puis s'en va. Elle seule peut l'approcher !

Les midis, Peyroude déjeunait parfois au château avec M. Henri et sa jeune femme. Il lui arrivait aussi de manger avec les domestiques dans la grande salle des communs ou de se faire servir dans son bureau, une pièce d'un pavillon en retrait de la ferme qu'on appelait la conciergerie. Jeanne apportait les plats que Marthe préparait aux cuisines. Au château, elle servait aussi M. Henri et Aline, sauf quand ils avaient des invités.

Les soirées ordinaires, M. Henri et Aline se faisaient apporter un potage dans le petit salon. M. Henri avait constaté que, depuis l'arrivée d'Antoine, Jeanne n'était plus aussi ponctuelle qu'avant. Elle était perpétuellement sur la défensive, jetait autour d'elle des regards apeurés, oubliait ses corvées.

– Elle redoute Antoine ! dit Aline. Peut-être ressemble-t-il assez à son grand-père pour lui rappeler l'incendie du moulin !

M. Henri haussa les épaules, perplexe. Aline regardait par la fenêtre le soir tomber sur la vallée, l'air très léger amplifiait les bruits de la campagne. Jeanne, poussée par son fils, traversait la cour de la ferme.

– Elle a dû s'enfuir une fois de plus, constata M. Henri. Ce n'est pas une mauvaise fille, mais elle a des peurs semblables à celles des animaux, irraisonnées !

– Antoine n'obtiendra jamais rien d'elle ! répondit Aline. C'est maintenant certain !

Le contre-jour dessinait le profil de son visage, le front un peu bombé, le nez minuscule et relevé, les lèvres qui faisaient la moue. M. Henri ne se lassait pas de regarder sa femme, comme si sa jeunesse se communiquait à lui, le revigorait. Il ne se faisait pourtant aucune illusion : Aline éprouvait pour lui un sentiment filial qui ne résisterait pas à sa ruine. Mais elle était belle et cela suffisait à son bonheur du moment.

La pendule sonna sept heures. M. Henri aurait dû dire à Aline ce que le notaire lui avait annoncé ce matin, mais il n'en eut pas le courage. À quoi bon gâcher cet instant de paix puisque l'échéance était inéluctable ? Il avait pourtant risqué beaucoup pour sauver son domaine ; spéculations hasardeuses et marché noir pendant les deux années d'occupation ne lui avaient pas rapporté autant qu'il l'avait espéré.

Jeanne entra, portant sur un plateau une soupière fumante.

– Ah, te voilà ! dit M. Henri dont les sourcils s'étaient abaissés. Tu es en retard !

La femme posa la soupière sur la table. Son regard alla rapidement d'Aline à M. Henri, un regard profond qui s'attarda sur M. Henri. Une lueur fugitive passa sur ses pupilles sombres.

– Votre attitude avec cette fille me paraît curieuse ! remarqua Aline. Elle ne vous regarde pas comme les autres. Elle a pour vous de l'affection, de l'amour, même !

– C'est normal, dit Henri en souriant. Je suis le seul à ne lui avoir jamais fait de mal.

– C'est vrai ! Vous ne faites de mal à personne ! poursuivit Aline sur un ton de reproche. Et vous vous laissez dépouiller !

– Tu sais que je n'aime pas donner des coups de bâton à mes chiens. Eh bien, je n'aime pas faire souffrir les gens non plus, et surtout pas cette fille sans défense !

– D'autres ne se gênent pas !

– Et tu veux parler de qui ?

– Votre intendant, François Peyroude ! Il ne cesse de vous tromper pour mieux vous voler, et vous laissez faire !

Il laissait faire par faiblesse et c'était bien le principal grief d'Aline. Plusieurs générations de Couperade avaient édifié une immense fortune dilapidée en quelques années. Pourtant M. Henri n'était pas plus dépensier que ses ancêtres ; les temps avaient changé : entre les deux guerres l'argent avait fondu, ses titres russes avaient perdu toute leur valeur, les actions dans les mines du Centre-Midi s'étaient un peu maintenues, mais ses hauts-fourneaux du Périgord produisaient un acier de qualité si médiocre à côté des aciers lorrains que plus personne n'en voulait. Autrefois tout faisait de l'argent, désormais les clients devenaient de plus en plus exigeants et les dépenses pour s'équiper ne cessaient d'augmenter.

M. Henri eut un sourire, aspira une cuillerée de bouillon brûlant.

– Certains ont le sens des affaires, d'autres, de l'honneur. Rarement ces deux dispositions se trouvent chez le même homme parce qu'elles sont trop souvent contradictoires.

Aline secoua la tête. Ses yeux verts étaient frangés de paillettes d'or. Que faisait-elle dans ce château depuis un an, depuis ce mariage rapide dans une chapelle de Tulle ? L'illusion avait si vite cédé la place à la morosité !

– N'aie pas peur, Jeanne, je ne te ferai aucun mal !

Jeanne s'était reculée au fond de sa chambre où elle dormait sur une sorte de lit en fer encombré de chiffons et d'une couverture trouée. Antoine se tenait dans l'encadrement de la porte et l'infirme ne pouvait s'échapper. Recroquevillée, elle gardait les mains devant sa figure, car elle savait ce que signifiaient les visites en ce lieu, surtout celles de Peyroude qui venait secrètement passer ses nerfs sur elle à coups de poing ou de pied, tout en lui tirant les cheveux. Et quand il l'avait beaucoup frappée, le contremaître avait d'autres exigences satisfaites à la va-vite : Jeanne était là pour ça ! La Mule aimait les coups, disait-on, et ses soupirs, son visage tordu étaient l'expression d'un plaisir pervers.

– N'aie pas peur ! reprit Antoine. Je ne suis pas venu pour te faire du mal ! Je veux te parler. Regarde bouger mes lèvres, regarde dans mes yeux, tu comprendras mes intentions... Je sais, il faudra du temps, mais on y arrivera, un jour tu comprendras mes mots et tu pourras alors te faire comprendre à ton tour...

Lentement, Jeanne laissa tomber ses bras le long de son corps et osa lever un regard peureux sur Antoine. Le visage de cet homme était celui de ses souvenirs, avec les cheveux noirs frisés, l'œil droit plus petit que le gauche... Son arrivée à l'Étanchade avait ravivé la douleur de Jeanne. Elle avait cru à l'apparition d'une de ces créatures qui prenaient l'apparence de sa mère ou du vieux Paul pour la torturer, la nuit, et qu'elle redoutait plus que Peyroude ou que ces hommes grossiers qui la renversaient dans le foin.

Elle ne dormait plus paisiblement, faisait des cauchemars, sombrait dans des crises de larmes sans raison. Antoine lui souriant allumait malgré lui l'incendie du moulin du Gué, et elle revoyait les grimaces du meunier quand les flammes l'avaient entouré. Hébété, Paul regardait autour de lui, la bouche ouverte, tendu sur ce qui devait être un cri de terreur, Paul qui aurait pu s'échapper, mais avait pensé d'abord à la sauver, elle qui était moins qu'un animal, moins qu'un âne capable de porter des sacs jusqu'au village. Il l'avait prise dans ses bras, l'avait soulevée dans la fumée qui dressait son mur. Jeanne se souvenait de la rudesse de ces bras, des doigts durs qui s'étaient plantés dans son épaule. Le meunier avait couru vers la sortie, mais le plafond s'était effondré en une barrière de feu. Alors, il avait fait demi-tour, couru à la fenêtre de l'autre côté des machines, mais là aussi, des poutres incandescentes l'avaient arrêté. Il toussait, Jeanne sentait sa poitrine se comprimer et se libérer dans un tremblement de gorge. Elle toussait aussi, les poumons pleins d'une fumée âcre. Les flammes les encerclaient. Paul fonçait vers elles comme un fauve furieux, mais il devait reculer. Alors, dans un mouvement désespéré, il souleva la petite fille et réussit à la faire passer par la lucarne percée à hauteur d'homme pour surveiller de l'intérieur l'état de la roue. Jeanne sentit une vive douleur à l'épaule puis elle tomba en chute libre dans les bras d'un porteur d'eau. Elle était sauvée, mais la peur resterait toute sa vie, un rideau de peur dressé entre elle et les autres.

– Jeanne, je suis venu ici pour toi. Tu m'as bien reconnu. Tu sais qui je suis...

Jeanne regardait les lèvres d'Antoine bouger, s'exprimer dans des mouvements qui ne contenaient aucune menace. Que se passait-il dans sa tête ? Avait-elle une âme ? Sans mots, comment s'exprimaient ses pensées ? S'était-elle inventé un langage mental pour elle seule qui n'était pas le reflet d'une langue parlée et entendue ? Elle eut un léger sourire ; les images de son enfance où elle n'était pas encore la Mule, mais une petite fille sans voix, s'associaient à l'attitude attentionnée d'Antoine. Tout à coup, elle retrouvait les odeurs du moulin du Gué, les vibrations du plancher sous ses pieds...

Des pas rapides s'approchèrent. Dans la demi-clarté, Antoine reconnut la haute silhouette mal assurée de Blaise qui regagnait sa chambre. L'adolescent s'étonna de le trouver là et préféra s'en prendre à sa mère, la plus faible.

– Ah, voilà que tu attires les étrangers, la Jeanne ! Les hommes d'ici ne te suffisent plus ?

Il forçait sa voix d'adolescent pour lui donner des accents virils et déterminés. Antoine comprit que le reproche était la marque de son exaspération et de son humiliation continuelles. Il leva lentement les yeux sur Antoine, comme quelqu'un qui demande du secours.

– Je dois la surveiller ! précisa-t-il. Elle ne sait pas ce qu'elle fait. C'est M. Henri qui me l'a dit !

– Écoute, on peut s'entendre tous les deux, proposa Antoine. On va lui apprendre à lire et à écrire.

– Pour lui faire raconter ses souvenirs ! fit Blaise sur un ton moqueur. Je vous dis que c'est impossible !

Blaise était fermement convaincu que sa mère ne pouvait rien apprendre ; pourtant cette autre vie de Jeanne, différente de la vie d'animal qu'il lui connaissait ici, l'intriguait. Et puis ce passé qui unissait sa mère à Antoine le valorisait.

– M. Henri est au courant, précisa Antoine. Ça ne coûte rien d'essayer.

Antoine observait Blaise du coin de l'œil. Ses épaules étaient étroites, ses jambes trop longues pour un torse qui ne s'était pas encore développé. Son visage alliait l'ingratitude de l'enfance et celle des adultes, un nez fort légèrement tordu vers la droite, des yeux sombres mais sans grâce, une peau salie de boutons rouges, des joues encore molles. La proposition d'apprendre à lire à sa mère embarrassait l'adolescent, qui cherchait ses mots.

– Venez avec moi ! dit-il tout à coup. Je vais vous montrer quelque chose !

– Où veux-tu m'emmener ?

– Venez, la nuit tombe. Peyroude est parti, c'est le moment.

Ils sortirent dans la cour. Les chiens de la meute de M. Henri hurlaient comme chaque soir à cette heure. Au château, la lumière éclairait deux fenêtres, celles du petit salon et de la cuisine. Blaise passa par l'allée qui menait au fond du potager, caché par des massifs et des ifs gigantesques. Il poussa la porte d'un abri de bois couvert de tuiles romaines.

– C'est un temps pour le lièvre ! dit-il. M. Henri m'en a commandé trois pour la fin de la semaine. Il reçoit des gens pour ses affaires. Ça devrait pas être très difficile.

En parlant, il vérifiait le contenu de sa musette, faisait claquer les pinces coupantes, estimait la longueur du rouleau de fil de fer...

– Vous allez voir comme c'est facile.

Antoine était debout près de la porte. Tandis que Blaise prenait sa musette à l'épaule, il pensait à sa dernière année de captivité. Un jeune braconnier fournissait du gibier à la ferme et jamais rien n'avait manqué sur la table.

– Faut pas fumer ! ajouta Blaise. Le lièvre, c'est peureux, mais malin, une odeur de tabac et il part ailleurs ou ne passe plus par ses chemins habituels...

– Tu vas braconner ?

Blaise sourit. Il redressa la bretelle de sa musette sur son épaule droite.

– Depuis le début de la guerre, la chasse est interdite. Et le gibier ne manque pas.

– Mais qui t'a appris à poser des pièges ?

– Émile. Depuis quelque temps, il dit qu'il a mal aux jambes et qu'il ne peut plus marcher. C'est pas vrai, il boit trop et n'a plus le pied sûr. Si tu sais pas marcher, c'est pas la peine d'être braconnier ! Je l'ai toujours suivi, alors pour moi, c'est naturel.

Il était fier de cette supériorité sur les autres, cette habileté qui lui donnait accès à la vie secrète des taillis, et ne s'étonna pas d'avoir tutoyé Antoine.

Ils partirent. La nuit montait de la vallée, le ciel était encore clair, percé des premières étoiles. Blaise marchait d'un pas sûr. Ils sortirent du parc par une trouée du mur qui était une ancienne porte dont les montants s'étaient effondrés. Un peu de lierre courait sur les pierres nues liées à la terre rouge. L'occident flamboyait d'une lumière ocre, épaisse et sale. Blaise tendit la main :

– Le temps va changer dans les deux jours. Ça aussi c'est bon pour les lièvres. Quand il pleut, ils restent au gîte. Ils vont profiter de cette nuit pour manger.

– Comment c'était ici, pendant la guerre? demanda Antoine.

– Quoi? Qu'est-ce que vous voulez dire?

– M. Henri et son intendant s'occupaient de la Résistance?

– Non, ils ne s'occupaient de rien. Ils vendaient leurs bêtes à ceux qui en donnaient le meilleur prix. Ils faisaient marcher le domaine, voilà tout!

Après avoir suivi le chemin qui descendait en pente douce vers la Vézère, franchi le chaos de rochers et suivi la crête de la falaise, ils prirent un sentier entre les ajoncs qui rejoignait un bosquet de petits chênes, de châtaigniers, puis des prairies minuscules pendues de chaque côté de la rivière.

– Et Mme Aline, tu l'aimes bien?

– On la voit jamais. Elle n'est pas franche. Avec moi, elle se méfie parce que je vois tout!

– Et qu'est-ce que tu vois?

– Maintenant, dit-il à voix basse, il faut marcher en bête et se taire.

Son visage se découpait sur l'horizon clair. Une lumière diffuse s'accrochait à sa peau, gommait les imperfections de son visage et remplissait ses yeux d'une lueur sauvage. Il était presque beau.

– Marcher en bête, dit-il, c'est marcher autrement que les hommes, sans le moindre bruit, comme un chat. Je vais vous montrer.

Il s'éloigna et Antoine assista au prodige. L'adolescent se faufilait entre les branches basses sans les déranger, sans que la moindre feuille bouge. Il semblait ne pas toucher terre. Aussi léger qu'une fumée, il se fondit dans le taillis. Quelques secondes passèrent. Antoine se tourna vivement : quelqu'un venait de lui taper sur l'épaule, c'était Blaise, souriant.

– Vous voyez, c'est pas plus difficile que ça ! Bien sûr, quand on est sourd et muet, on ne peut pas marcher en bête, parce qu'on sait pas ce qu'est le bruit et on en fait malgré soi ! Allez, venez.

Antoine avait beau s'appliquer, scruter l'ombre au ras du sol pour y découvrir les pièges des brindilles qui cassaient, des cailloux qui roulaient, il lui semblait faire autant de bruit qu'une harde de sangliers. Devant, avec une ondulation souple de félin, Blaise marchait en chasseur, et rien ne lui échappait, pas le moindre craquement, le plus petit frôlement. Son corps osseux se parait, dans ces mouvements parfaitement enchaînés, de rondeurs gracieuses.

– Il faut faire comme si vos yeux étaient à la pointe de vos pieds, sur le bout de vos doigts, partout.

Il souffla à l'oreille d'Antoine :

– J'y arrive si bien que même Émile ne peut pas me suivre, et j'ai attrapé plusieurs lièvres dans les sillons. J'arrive aussi à cueillir le faisan ou la perdrix branchés, comme des poires.

Ils traversèrent un champ de sarrasin. La nuit était presque complète, mais la lune déversait par vagues une lumière bleutée qui donnait aux taillis un volume étrange. Ils longèrent une haie d'aubépines bordée de hautes herbes.

– Ils passent par là ! dit Blaise en sortant le rouleau de fil de fer et sa tenaille.

– Comment tu le sais ?

– Je vous dis qu'ils passent par là, c'est net. Je sais pas vous expliquer, mais c'est comme ça !

Il confectionna son collet qu'il attacha à une aubépine puis coupa deux baguettes de noisetier.

– Il faut le fixer, expliqua-t-il, à quatre doigts du sol, sinon ça marche pas.

Le jeune braconnier disposa une dizaine de collets à différents endroits. Il travaillait vite, avec précision, sans geste inutile, et toujours aussi silencieux.

– Ça suffit ! dit-il. Demain au lever du jour j'aurai mes trois lièvres.

– Tu n'as jamais eu envie de quitter l'Étanchade ?

– Pour aller où ?

– Peyroude n'est pas très gentil avec toi !

– Avant il me frappait, maintenant il ne peut que crier. Parce que je le tiens par ses petits secrets. Parce que, moi, je vois tout et j'entends tout. Je sais marcher sans bruit, je sais surprendre les animaux et les hommes aussi, c'est tellement plus facile.

– Qu'est-ce que tu veux dire ? Tu le tiens comment ?

– C'est mon affaire !

Ils se turent quelques instants, puis Blaise demanda :

– Vous croyez vraiment qu'on peut apprendre à lire à la Jeanne ?

– Pourquoi pas ?

– Je sais pas s'il faut lui apprendre. Elle aussi voit beaucoup de choses. Personne ne se cache, comme elle est muette...

Les yeux du garçon brillaient dans la nuit.

– Remarquez, elle pourrait raconter ce que certains lui font subir. J'en connais qui iraient en prison.

Ils marchaient dans un sentier étroit au-dessus des pentes. Blaise hâtait le pas. Le bruissement de la nuit imprégnait leurs esprits d'un espace immense. À cette heure, Blaise avait le sentiment d'être lâche avec sa mère et il en avait la démarche lourde.

– J'ai pas choisi ! Les uns naissent dans des châteaux avec des parents instruits qui leur font apprendre le latin et la musique. D'autres naissent sous un chêne, comme des chiots, mais le pire, c'est d'être le fils de la Mule !

Ils parvinrent aux communs et entrèrent, silencieux. Dans sa chambre, Jeanne dormait, enroulée comme un chat, sa tête posée sur son bras droit. Les chiens de M. Henri se mirent à hurler.

Le lendemain, il faisait beau. Après deux ou trois heures de sommeil, Blaise était allé relever ses pièges et avait rapporté quatre lièvres à Marthe qui les avait pendus dans le cellier. M. Henri viendrait sûrement le féliciter dans la journée. Il rejoignit les autres domestiques qui se rendaient aux prés pour faucher jusqu'à onze heures, avant le grand soleil.

Au lavoir, en contrebas, à côté d'une ancienne fontaine, Jeanne lavait des draps, tapant sur le tissu à grands coups de battoir. Elle répondit au sourire d'Antoine par une espèce de grimace qui montra ses dents restées blanches. Son handicap l'avait préservée de beaucoup de maux ordinaires. Son visage n'avait pas de rides, ses grands yeux noirs conservaient une jeunesse et une beauté qui attiraient les regards. Son corps tellement souillé était toujours désirable. Ses gestes s'enchaînaient avec harmonie, sa façon de marcher exprimait une féminité toujours pure, jamais contrariée par des attitudes composées et le besoin de plaire.

Émile liait les bœufs. Antoine avait apprivoisé ces gros animaux placides qui lui obéissaient docilement. Cette facilité auprès des bêtes faisait la joie d'Émile :

– C'est un don ! disait-il. Tiens, regarde le petit Blaise, c'est pas un méchant garçon, mais il n'y arrivera jamais. Les bêtes se méfient de lui.

– C'est peut-être parce qu'il braconne !

Émile leva sur Antoine ses yeux larmoyants un peu bridés.

– Il vous a parlé, je vois. J'ai rarement vu plus malin que ce gars pour surprendre le gibier, pour l'approcher à le toucher, pour trouver d'emblée le meilleur endroit où poser les collets ! Un vrai renard !

Ils conduisirent les bœufs attelés jusqu'au chariot, Antoine passa le timon dans l'attache ronde en peau d'anguille.

– Quand le travail pressera moins, je vais apprendre à lire et à écrire à Jeanne !

Émile regarda Antoine, incrédule. Il n'avait jamais compris pourquoi cet homme, qui était allé aux écoles, restait à l'Étanchade. Au début, il pensait qu'Antoine était là pour enquêter sur les agissements de M. Henri et de Peyroude pendant la guerre, sur le marché noir qui se faisait ici aussi bien avec les revendeurs véreux de la Résistance qu'avec les officiers allemands qui voulaient améliorer leur ordinaire.

– Alors, vous avez du temps à perdre ! dit enfin Émile en se plaçant devant les bœufs.

– Jeanne, c'est une maison. Regarde bouger mes lèvres ! Mai-son, tu te rappelleras ?

Jeanne était assise au bord de son lit. À côté, Antoine, un cahier posé sur ses genoux, dessinait la maison, écrivait le mot et le répétait plusieurs fois pour que la muette associe les syllabes aux mouvements de sa bouche.

– Une mai-son... Mai-son... Tu comprends ?

Il dessina plusieurs maisons, des hautes, des basses, des grandes et des petites, mais Jeanne ne connaissait que le château, les communs, les écuries, la conciergerie et le moulin du Gué. Les dessins d'Antoine ne ressemblaient à aucune de ces bâtisses. Elle voulut s'en aller, il l'arrêta d'un geste.

– Je t'en prie, Jeanne, il faut que tu apprennes !

Mais Jeanne avait des fourmis dans les jambes. Elle se sentait mal à l'aise près de cet homme doux et plein d'attentions. Elle aurait préféré qu'il se comporte comme les autres, qu'il la brutalise. Les peurs de son passé serpentaient encore dans son ventre. Antoine ressemblait au meunier de son enfance, mais elle en mesurait les différences. Il la dominait et, près de lui, elle perdait toute détermination, elle était molle et ses membres refusaient de lui obéir.

– Jeanne, je t'en prie...

Jeanne baissait la tête et regardait ses sabots. Antoine avait beau poser la main sur son épaule, elle refusait de lever sur lui ses grands yeux noirs.

La porte du couloir claqua, Antoine se dressa et fut surpris de voir M. Henri. Le maître venait rarement jusque-là. Antoine eut le sentiment d'être pris en faute, de perdre son temps à des futilités.

– Vous n'en obtiendrez rien ! affirma M. Henri. Il faut se faire une raison, elle n'a pas plus d'idée qu'un caillou et elle n'a jamais rien pu apprendre !

Antoine ferma son cahier et laissa Jeanne s'échapper. À mesure qu'elle s'éloignait, la vie revenait dans son corps, elle sentait de nouveau l'odeur du foin sec, et elle s'attarda à observer les canards qui barbotaient dans la mare...

Peyroude sortit de l'écurie, les mains dans les poches, se tourna, poussa son chapeau vers l'arrière. Jeanne frémit. L'intendant la regardait toujours ; il fit un pas vers elle, elle s'éloigna, terrorisée.

Enfin Peyroude fit demi-tour. M. Henri était arrivé et les deux hommes se mirent à bavarder. Jeanne respirait plus librement. Elle fronça de nouveau les sourcils : Antoine se dirigeait vers elle, Antoine qui s'acharnait à lui montrer des dessins et des signes bizarres sur son cahier. Il lui avait appris à tenir le crayon dans sa main droite pour ne pas faire des gribouillages de petit enfant, mais des traits bien droits qui pouvaient former l'image d'un objet ou d'une chose. Blaise assistait souvent aux leçons et aidait Antoine ou sa mère, car Jeanne comprenait mieux son fils que quiconque. Il écrivait des lettres, les prononçait en lui faisant signe du doigt de regarder sa bouche, mais elle mélangeait tout, se trompait tout le temps et renonçait devant la difficulté, consciente que jamais elle n'arriverait à percer le secret de la parole.

Elle aurait peut-être pu si sa mère avait vécu. Sa mère et Paul n'étaient pas des humains comme les autres. Jeanne pouvait s'endormir près de l'un comme de l'autre sans ressentir la menace de l'inconnu ; elle les comprenait d'instinct. Le moindre geste de sa mère indiquait ce qu'elle devait faire ou éviter, le regard de Paul suffisait à la mettre en garde contre un danger, son sourire remplissait de soleil son esprit vide de pensées. Mais sa mère était morte, un matin de printemps dans la cour de l'Étanchade, et Jeanne, toujours par cet instinct profond et destructeur, ne comprenait pas qu'après la mort des deux êtres qui la rendaient différente, la vie lui soit restée. Peut-être que sans elle Paul ne serait pas mort, le moulin du Gué de Bar fabriquerait encore de la farine ; sans elle sa mère n'aurait pas autant trimé, ne se serait pas usé le corps en travaux pénibles et elle vivrait aussi ! De telles pensées s'accompagnaient toujours de l'image de l'homme cloué sur une croix. Qu'avait fait cet homme présent dans les églises, devant qui maîtres et domestiques se mettaient à genoux et joignaient leurs mains en baissant humblement la tête ? De quel crime le punissait-on et pourquoi ce criminel recevait-il la soumission des gens honnêtes et bons comme M. Henri ? Lorsque sa mère était vivante, Jeanne allait régulièrement à la messe. Même si elle ignorait tout de l'office religieux, une sérénité solennelle la gagnait. La ferveur se communiquait à son âme et elle ressentait une profonde paix l'envahir. Depuis la mort de Louise, personne n'avait pensé que la Mule eût le moindre sentiment religieux. Elle demeurait au domaine quand M. Henri et Mme Aline allaient à l'église le dimanche matin.

– Jeanne, je ne te veux aucun mal !

Jeanne frémissait et ne pouvait maîtriser un mouvement de recul. Elle redoutait aussi Antoine parce qu'il ne la regardait pas comme les autres, même si, près de lui, une étrange chaleur montait de sa poitrine jusqu'à ses joues qui rougissaient.

Il lui souriait. Elle savait que ce mouvement des lèvres pouvait avoir deux significations, l'une affectueuse comme les sourires de sa mère ou de Paul, l'autre, au contraire, méchante, précédant les coups. Antoine avait le premier, le bon. Elle aurait tant préféré qu'il la battît, qu'il soulevât sa jupe et se jetât sur elle. Ces réactions d'homme, Jeanne les connaissait, mais pas une telle attitude bienveillante et amicale. Pourquoi Antoine perdait-il son temps avec elle ?

– Je t'en prie, Jeanne, écoute-moi. Montre-moi que tu te souviens de ce que je t'ai appris. Allons, fais-moi un signe de la tête. Je dis : mai-son, tu as compris ?

Cette fois, les yeux noirs de l'infirme s'éclairèrent d'une lueur nouvelle. Oui, elle avait compris et le dit d'un mouvement de tête. Antoine laissa éclater sa joie.

– Je veux que tu deviennes comme tout le monde ! Alors plus personne ne pourra te faire de mal !

– Et qui lui fait du mal, ici ? Qu'est-ce que tu sous-entends, Rolandier ?

Antoine se retourna vivement. Peyroude était derrière lui, les mains dans les poches de son pantalon de chasse. Il regardait fixement Antoine qui ne baissa pas les yeux.

– Toi, il faudra qu'on ait un jour une explication d'hommes ! Ça se fera sans témoins !

L'intendant tourna les talons. Depuis qu'Antoine l'avait surpris dans la grange à foin avec Jeanne, Peyroude évitait de s'adresser à lui directement, sa menace n'en avait que plus de portée.

Le dimanche suivant, l'après-midi, Antoine se rendit à Bar. Le village dormait, écrasé de lumière et de chaleur. Un silence pesant régnait dans la rue principale. Le chien couché devant la poste leva la tête vers lui et n'eut pas la force d'aboyer. Antoine alla directement au bistrot, vide à l'heure de la sieste. Henriette, qui balayait la grande salle, marqua sa surprise et l'accueillit avec le sourire.

– Ah, vous voilà ! Vous nous laissez un mois sans nouvelles et vous débarquez sans avertir !

– J'avais le mal du pays...

– Le mal du pays ? Laissez-moi rire ! Tout le monde était prêt à vous accueillir ici ! Vous avez préféré rejoindre la pauvre Jeanne ! Qu'est-ce que vous espériez ? Un miracle ? Qu'elle allait se mettre à parler en vous voyant ?

Ses joues s'étaient teintées ; ses yeux brillaient. Elle avait mis beaucoup d'animosité dans son propos. Antoine perçut le reproche et haussa les épaules. Henriette posa son balai, passa derrière le comptoir et lui servit une bière.

– Qu'est-ce qu'il fait chaud ! dit-elle pour chasser le lourd silence.

Antoine porta le verre de bière à ses lèvres, aspira avec plaisir la mousse fraîche. Henriette le regardait de ses yeux de charbon pleins de lumière et de vie que ses cheveux courts, son visage minuscule faisaient paraître plus grands.

– Venez vivre ici. Tout le monde vous accueillera à bras ouverts. Le moulin ne se reconstruira pas, vous courez après la lune, mais ici, vous serez plus chez vous que partout ailleurs.

Henriette le contemplait toujours. Sous son tablier à fleurs blanches ses seins pointaient. Ses gestes étaient pleins de charme, une détermination se lisait dans le feu de son regard, l'envie d'accomplir son destin de femme.

– Non, je dois rester à l'Étanchade ! dit enfin Antoine.

– Qu'est-ce que vous êtes buté !

Henriette ne comprenait pas qu'il était plus proche des siens à l'Étanchade qu'à Bar : Jeanne était le seul témoin des derniers jours de son grand-père qui, malgré le mutisme de l'infirme, vivait encore à travers elle.

À la nuit, il rentrait à l'Étanchade avec l'intention de faire travailler Jeanne ; il avait passé la route d'Affieux et descendait vers Treignac quand, à la sortie d'un tournant, un homme qui avait soulevé le capot de sa voiture et semblait en panne lui fit signe. Sans se méfier, Antoine mit pied à terre et s'approcha. Deux autres hommes sortirent alors de la voiture. Le premier abaissa le capot et se dressa en face d'Antoine qui voyait dans la nuit sa face laiteuse sous son chapeau sombre, ses yeux qui le fixaient.

– Bien sûr, tu as été prisonnier pendant cinq années, alors on ne peut pas te soupçonner de collaboration ! dit-il. Mais il faut quand même te faire comprendre que pendant ton absence, des gars se sont dévoués pour la bonne cause et que tu dois les laisser en paix.

– Je ne comprends pas de quoi vous voulez parler ! fit Antoine.

– Pendant que tu te prélassais en Allemagne, nous on libérait notre pays... Alors, tu vas nous faire le plaisir de déguerpir, de retourner d'où tu viens. Ce n'est pas parce que ta famille est d'ici que tu n'es pas un étranger.

– Je vois pas pourquoi...

– Nous on le sait et ça suffit. On te laisse une semaine. Si dimanche prochain, tu es encore là-haut, il pourrait t'arriver malheur.

– Ah bon ? Et de quel droit ?

– Qui te parle de droit ?

– Il y a des lois et des tribunaux chargés de les faire appliquer !

– Fais pas le malin, on te dit. Fous le camp tant qu'il ne t'est rien arrivé. C'est un bon conseil.

Le silence retomba entre eux. Le bruissement de la nuit montait des taillis. Antoine n'était pas rassuré.

– Tu comprends, poursuivit l'homme, en cinq années il s'est passé beaucoup de choses. Maintenant la guerre est finie, ceux qui se sont battus doivent être récompensés. Alors rappelle-toi : dimanche prochain, dernier jour !

Les trois hommes montèrent dans la voiture qui démarra. Antoine suivit des yeux les phares du véhicule qui se dirigeait vers Madranges.

Le lendemain, il eut envie d'aller en parler à M. Henri mais il s'arrêta devant la porte du château et rebroussa chemin. Peyroude le surveillait de loin, ne perdait rien de ses gestes. Antoine se dit qu'il aurait pu lui parler aussi, mais c'était aller vers l'affrontement direct et il n'avait pas l'intention de céder aux menaces de petits caïds locaux qui avaient profité de l'Occupation pour s'imposer. Désormais la paix était revenue et Antoine ne quitterait pas l'Étanchade, car il ne voulait pas sacrifier Jeanne.

La semaine passa très vite. Chaque soir, Antoine rejoignait l'infirme. Blaise ne les laissait que pour aller poser ses pièges et fournir du gibier à M. Henri. Le dimanche arriva, jour de repos dans le domaine qui se vidait de ses journaliers. Marthe, vêtue d'une robe noire, arrivait assez tôt, préparait le déjeuner avant de partir à la messe.

M. Henri et Aline se rendaient aussi à l'office soit à pied quand il faisait beau, soit en voiture. Jeanne et Blaise restaient à l'Étanchade. En principe on ne voyait pas Peyroude de la journée.

Le soir, après avoir soupé, Antoine, qui avait la charge du bétail, alla faire la dernière visite aux étables. Il ne remarqua rien de particulier et ferma les portes. La nuit était tombée, fraîche, chargée d'une brume qui l'épaississait. Il traversa la cour et prit l'allée qui conduisait aux communs pour rejoindre Jeanne. Blaise était avec elle et lui tenait la main pour écrire des mots simples. L'adolescent était peu patient, il s'énervait rapidement, haussait le ton et Jeanne, au moindre geste brusque de son maître de fils, redevenait la Mule, se butait, baissait la tête et refusait de travailler. Il fallait alors beaucoup de persévérance...

De l'ombre d'un tilleul, deux silhouettes se détachèrent. Antoine comprit et voulut s'enfuir par la gauche, mais un troisième homme l'arrêta.

– On t'avait dit de déguerpir... Tu as eu tort de ne pas nous écouter. Ce sera le deuxième avertissement, et le dernier.

Il n'eut pas le temps de répondre. Le coup qu'il reçut à la tête l'étendit sur les cailloux. Un des hommes s'acharna sur lui à coups de pied puis disparut avec les autres dans les taillis.

Dans la chambre de Jeanne, Blaise s'étonnait qu'Antoine ne revienne pas. Il pensa que quelque incident était arrivé, une vache détachée, ou un vêlage prématuré, et décida d'aller voir. Quand il passa à côté du tilleul, un gémissement le fit sursauter. Le jeune braconnier marchait silencieusement par instinct. Il contourna l'arbre et revint sur ses pas dans un silence total. Lui qui pouvait approcher une laie à la toucher ne redoutait rien d'un homme en pleine nuit. Il arriva près de la silhouette assise au pied du tilleul et reconnut Antoine.

– Qu'est-ce qui s'est passé ?

Antoine frottait sa tête et ses flancs endoloris.

– Donne-moi un coup de main pour aller jusqu'à ma chambre.

Blaise prit Antoine par le bras afin qu'il puisse se remettre sur ses jambes.

– Une vache qui vous a chargé ?

– Non, c'est pas une vache !

Dans la chambre, Blaise allongea Antoine sur son lit. Jeanne, qui avait compris tout de suite, courut chercher une bassine d'eau et une serviette puis posa le linge humide et frais sur le front du blessé. Elle avait une curieuse expression, pleine de tendresse et de révolte. Ses gestes étaient doux, ses mains aussi légères que des plumes. Une grande douceur envahissait le corps endolori d'Antoine.

– Faut en parler à M. Henri ! dit Blaise quand il eut appris la vérité.

– Surtout pas ! répondit Antoine en se dressant enfin sur les coudes. Surtout pas, Blaise. Tu vas m'aider !

Depuis le lever du jour la grosse batteuse ronronnait, actionnée par le moteur gris et la longue courroie qui claquait. Les hommes s'affairaient, journaliers qui allaient passer une semaine au domaine et partiraient ensuite vers d'autres battages. Rudes au travail, ils vivaient ainsi pendant près d'un mois dans la poussière sèche et rugueuse des blés, des avoines tardives, portaient les sacs de grain dans les greniers, rangeaient la paille dans les granges. La batteuse appartenait à M. Henri qui surveillait les opérations en retrait. À côté de lui, Peyroude appréciait le rendement de la récolte.

Il faisait toujours très chaud en cette mi-août. La poussière enveloppait les batteurs d'un nuage gris qui piquait les yeux, desséchait la gorge et les poumons. Debout sur la machine, Blaise dominait tout le monde. Il était fier de sa position élevée et plaisantait en dénouant les liens des gerbes qu'il poussait vers les deux hommes dont le rôle était de nourrir régulièrement la batteuse en glissant dans sa gueule les épis lourds de grains. Ceux qui accomplissaient ce travail étaient toujours les mêmes, hommes d'expérience qui ne se laissaient pas surprendre par le vin.

Ils ne devaient surtout pas approcher les mains de l'énorme rouleau muni de griffes qui tournait avec un bruit sourd et régulier. Un doigt accroché et tout le bras y passait !

Antoine s'occupait des sacs et s'activait pour contenir le flot continu de grains qui tombait des deux ouvertures. Il s'était à peu près remis des coups reçus, même si une douleur vive dans le flanc lui arrachait des grimaces chaque fois qu'il devait déplacer un sac. Blaise avait gardé le secret ; Antoine avait expliqué aux autres qu'il était tombé de moto. Personne n'avait cherché à en savoir plus et Peyroude l'observait de ses petits yeux plissés pleins d'ironie.

Jeanne et Marthe apportaient à boire aux batteurs qui prenaient alors le temps de s'essuyer le front et d'échanger quelques mots à l'ombre de la grosse machine. Ils plaisantaient beaucoup à propos de la Mule dont le visage restait figé dans une indifférence d'animal. Parfois une main furtive s'égarait sur sa poitrine, elle reculait alors vivement sous les rires grossiers.

La journée passa dans une chaleur torride et sans vent pour éparpiller l'épais nuage de poussière qui enveloppait la cour de ferme. Le soir, la table fut dressée en plein air, comme c'était l'usage, sous les tilleuls du château. M. Henri et Mme Aline mangeaient avec les ouvriers. Plusieurs servantes avaient été engagées pour la durée du battage et portaient les plats des cuisines à la longue table éclairée par des lanternes à pétrole. La fraîcheur de la nuit était agréable aux épaules meurtries par le travail et la chaleur ; les hommes se laissaient aller. Le vin que M. Henri faisait venir de ses vignes de Cahors était léger et rendait heureux. Le château avait une bonne réputation : les domestiques y étaient bien traités et, chaque année, les mêmes journaliers s'y retrouvaient. Certains avaient déjà participé à dix battages et n'avaient pas envie de céder leur place, car, en plus de la bonne nourriture, du vin de Cahors, il y avait la Mule.

M. Henri et Mme Aline restaient à table le temps du dîner puis se retiraient très vite, laissant les ouvriers libres de plaisanter, de boire encore, car ils n'étaient pas pressés d'aller se coucher. Le jeune Blaise ne perdait pas une parole des adultes qui racontaient des histoires grossières. Lui aussi buvait le vin de Cahors et ses yeux pétillaient du bonheur de ne pas être tenu à l'écart par son jeune âge et surtout parce qu'il était le fils de la Mule. Antoine était allé se coucher presque aussi tôt que M. Henri. Le bruit, la poussière, le travail harassant avaient eu raison de ses forces. Il était tombé sur son lit et avait sombré dans un sommeil profond.

Vers onze heures, les servantes allèrent à leur tour se coucher, seule Jeanne continuait d'apporter à boire. C'était le moment qu'attendaient les batteurs. Un grand roux, Marcel Lerris, qui en était à sa sixième campagne au château, prit l'infirme par le bras et la retint.

– Eh bien la Mule, voilà que tu nous fuis ?

La femme voulut s'éloigner, mais la main la tenait fermement.

– Tiens, bois un verre avec nous !

Son voisin, le gros Paul Menaut, tendit un verre de vin à Jeanne qui regardait autour d'elle. Ses yeux s'arrêtèrent sur son fils complètement ivre, qui riait sans raison.

– Allez, bois ! On sait que tu aimes ça !

Dans le verre, le vin concentrait la lumière des lanternes en reflets précieux, le vin agréable au goût, un peu piquant et qui chauffait si bien le cœur ! Jeanne aimait ce liquide frais, mais M. Henri lui avait interdit d'en boire : le plaisir, quel qu'il soit, lui était interdit ! Elle voulut de nouveau se dégager, mais la main de Lerris avait la dureté d'une tenaille. Menaut approcha le verre de ses lèvres, tandis qu'un grand dégingandé lui tenait la tête.

– Allez, bois et fais pas de manières !

Elle secoua la tête, mais l'autre versait le vin entre ses lèvres. Jeanne avala une gorgée, puis une autre. Une douce chaleur gagnait son estomac, puis son corps tout entier. Les menaces de M. Henri étaient loin ! Menaut lui tendit un deuxième verre qu'elle avala d'un trait, applaudie par la tablée.

– Tu en boiras bien un troisième !

Elle voulait s'en aller, mais la main était toujours solidement accrochée à son bras, la main de la tentation. Elle ne pensa pas un instant qu'elle avait la force de la faire lâcher, elle était sûrement consentante depuis le début. Jeanne voulait boire encore, se noyer dans le vin, oublier qu'elle vivait, et rire de rien, sans raison, mais rire ! Bientôt, il n'y aurait plus de Mule, plus de Jeanne qui savait enfin reconnaître quelques mots comme *maison*, *fourchette*, *moulin*, *marcher*. Il n'y aurait plus qu'un corps sans retenue, un ballot de paille. Elle avala le verre que Menaut lui tendait, très vite, honteuse de ce geste complice, d'une bassesse d'animal. Blaise baissait les yeux ; son voisin lui avait donné une cigarette et il fumait, la tête dans les nuages. Il en voulait à ces hommes de traiter ainsi sa mère, mais que pouvait-il contre ces solides gaillards qu'un coup de poing n'effarouchait pas ?

Ce fut enfin l'heure d'aller se coucher. Les journaliers dormaient dans une pièce commune où l'on avait apporté des matelas. Il était tard et ils n'auraient pas beaucoup de temps avant de se remettre au travail. Jeanne, incapable de se tenir debout, s'était assise à côté de Marcel Lerris qui lui tripotait la poitrine sans retenue. Il se leva enfin du banc et emporta Jeanne sur son épaule, comme un sac.

– Toi, tu vas au lit ! dit-il à Blaise qui peinait à se tenir debout.

L'adolescent comprit la menace et n'insista pas. Lerris, suivi de quelques autres, entra dans la pièce commune. Une lampe électrique éclairait les matelas d'une lumière jaune qui salissait le tissu.

– Allez, la Mule, mets-toi à poil !

Jeanne comprenait certaines situations pour les avoir vécues plusieurs fois. Les hommes, les murs, les matelas tournaient autour d'elle en une ronde folle et joyeuse. Lerris tira sur la robe dont les boutons volèrent, découvrant des seins fermes et superbes. Le tissu glissa sur ses hanches.

– Maintenant, tu vas danser pour nous !

Jeanne ne bougeait pas. Tous les ans, la même scène se déroulait dans cette pièce. Tous les ans, Lerris la faisait boire et la dévêtait. Tous les ans, elle dansait alors pour les ouvriers, en proie à une ivresse qui supprimait toutes les barrières, toutes les douleurs. Elle se faisait violer en riant par ces hommes puant la sueur froide et le tabac, puis tous s'endormaient. Le lendemain, Jeanne se réveillait couchée dans un coin des communs car elle n'avait pas eu la force de rejoindre sa chambre. L'odeur de ceux qui s'étaient allongés sur elle lui soulevait l'estomac. Elle se haïssait, se jurait de ne jamais recommencer.

Elle courait alors au lavoir et, la tête en feu, frottait sa peau à l'eau froide pour se débarrasser des horribles souillures.

Ce soir pourtant, entre les vapeurs du vin, une image se précisa devant elle, celle d'un homme pas comme les autres, qui la regardait avec des yeux différents et sans cette envie, un homme qui n'avait jamais posé la main sur elle, ne l'avait jamais frappée et lui répétait inlassablement le nom des objets, lui expliquait les associations de lettres qui faisaient des mots, petites bêtes qui s'accrochaient les unes aux autres pour former comme un chemin dans sa tête. À cause de ces mots, les vapeurs du vin étaient moins épaisses ; pour eux, parce qu'ils demandaient de la dignité à qui les portait, neufs et colorés, elle eut la force de repousser vivement Lerris qui, ayant lui aussi trop bu, vacilla et tomba sur un matelas. Jeanne en profita pour remonter sa robe aux boutons arrachés et sortit, courut dans la nuit au hasard. Lerris se lança à ses trousses, mais il trébuchait sur chaque pierre et il tomba de nouveau. Il était trop fatigué pour insister et revint dans la pièce où les autres dormaient déjà. Il aurait sa revanche le lendemain.

Au lever du soleil, les hommes s'étirèrent en grognant, se rendirent au lavoir et s'aspergèrent la figure et la poitrine d'eau froide. Comme les autres, Lerris n'avait dormi que deux ou trois heures, mais cela suffisait. Ils étaient prêts pour reprendre le travail dans la poussière et la chaleur. Antoine s'était levé les membres douloureux, la tête lourde de fatigue. Marthe apporta deux cafetières fumantes. Chacun reprit sa place de la veille à une table qui n'avait pas été desservie, remplit son verre de café brûlant. Ils ne mangeraient que plus tard, vers neuf heures, pour le casse-croûte. Tout le monde s'étonna de ne pas voir Jeanne.

– Je ne sais pas où elle est passée ! dit la vieille femme. Elle n'est pas dans sa chambre.

– Je vais aller la chercher ! fit Blaise.

Il porta la main à son front. Des douleurs vives lacéraient sa tête et il savait que la journée serait difficile pour lui.

– On n'a pas le temps ! décréta Peyroude qui arrivait. Allez, Armand, démarre.

La courroie s'anima, mit en mouvement la grosse poulie de fer et la machine se lança. Un grondement sourd et régulier, puissant, monta de ses entrailles, d'abord grave, comme venu de très loin, puis de plus en plus fort et aigu au point de faire mal aux oreilles. Les ouvriers reprirent leur place ; déjà, les serveurs lançaient les gerbes à Blaise qui dénouait les liens de paille. Le grain abondant et lourd se mit à couler dans les sacs. Antoine surveillait les allées et venues de Marthe et des autres femmes, mais ne voyait pas Jeanne. Au casse-croûte, il décida d'aller la chercher.

– Mange ! ordonna-t-il à Blaise qui voulait le suivre. Tu ne tiendrais pas jusqu'à deux heures de l'après-midi. Moi, j'ai l'habitude !

Antoine descendit vers la Vézère. Jeanne n'était pas sous le gros chêne des bergères. Il scruta alors les taillis tout autour mais ne la trouva pas. Le temps pressait, il revint sur ses pas et vit alors l'infirme assise sur un rocher au bord de la rivière. Sa robe, dont les boutons avaient été arrachés, laissait voir sa gorge et la naissance de ses seins. Antoine s'approcha d'elle, remarqua ses yeux rouges.

– Voyons, Jeanne ! Qu'est-ce que tu fais ici ? On t'attend !

Des larmes roulaient sur ses joues, des sanglots soulevaient ses épaules. Antoine tendit la main ; elle fit une grimace en poussant ce grognement sans voix qui indiquait sa colère.

– Voyons, Jeanne. Je ne te veux aucun mal, tu le sais...

Elle sanglotait. L'air, brusquement inspiré, émettait un sifflement aigu. Elle renifla, tourna ses yeux vers Antoine, serra les dents. C'était à cause de lui qu'elle était malheureuse ! Les autres années, elle buvait le vin, se saoulait et laissait les hommes profiter d'elle sans la moindre retenue, cela n'avait pas d'importance puisqu'elle n'était rien. Il avait fallu qu'Antoine, cet étranger, arrive à l'Étanchade, lui parle, la regarde de cette manière qui lui éclairait l'âme, il avait fallu qu'en elle s'épanouisse quelque chose de nouveau, une bête à la fois amie et ennemie qui ne pouvait se définir par les mots d'Antoine et lui soufflait des réactions inattendues, pour remettre en question sa place parmi les autres.

– Jeanne, ne pleure pas. Je ne veux pas que tu sois malheureuse !

Si, elle pleurait, et de plus en plus fort. Elle avait envie de se laisser tomber dans le courant, de se noyer, de disparaître une bonne fois pour toutes, de se fondre dans ce silence éternel qui ne la quittait pas. Oui, mourir aussitôt pour ne plus jamais voir ces gens qui gesticulaient autour d'elle, ces bouches qui s'animaient, ces lèvres toujours en mouvement... Ne plus être que la rivière tranquille...

– Viens, Jeanne, je t'en prie...

Il lui prit la main et ce contact la brûla jusqu'au fond de son être. Cette main juste assez grande pour contenir la sienne s'écrasait contre sa peau, une main d'homme et pas n'importe quel homme ! Elle se leva. Antoine remarqua qu'elle était aussi grande que lui.

– Jeanne, je t'en prie, il faut que nous puissions continuer ce que nous avons commencé !

Elle se laissa emmener à l'Étanchade et reprit sa place à la cuisine. Marthe lui montra le panier de pommes de terre qu'elle se mit à éplucher.

Le soir, Antoine, qui se doutait de ce qui s'était passé la veille, resta avec les autres, même s'il n'aimait pas leurs propos grossiers. À la fin du dîner, Lerris invita de nouveau Jeanne à boire un verre de vin ; il avait une revanche à prendre ! Jeanne leva les yeux sur Antoine et refusa.

– Eh bien quoi, la Mule ! Tu ne vas pas nous faire croire que tu n'aimes pas ça !

Antoine s'interposa.

– Non, elle n'aime pas ça !

Lerris se leva et le menaça du poing, mais il avait encore beaucoup bu et chancelait. Antoine le repoussa rudement et il s'affala. Menaut et quelques autres se levèrent à leur tour, prêts à affronter cet étranger qui voulait faire la loi. Blaise, qui n'avait pas bu, vint se placer à côté d'Antoine pour bien montrer qu'il avait choisi son camp. Mais Antoine refusa l'affrontement, il prit Jeanne par la main et s'éloigna.

– Viens, il faut aller dormir.

Tandis que Lerris, de nouveau sur ses jambes, brandissait ses gros poings, Antoine, Jeanne et Blaise s'éloignaient dans la nuit en direction des communs. Jeanne entra dans sa chambre.

– Dors bien, Jeanne. Demain, il faudra encore travailler.

Elle le regarda longuement. Dans la pénombre ses yeux luisaient d'une lueur profonde comme si toute son âme s'y était réfugiée pour lui.

– Un jour, j'achèterai un fusil ! dit Blaise en serrant ses poings maigres.

– Surtout pas, Blaise, surtout pas ! fit Antoine en posant la main sur son épaule.

Henri Couperade alluma son cigare et s'assit sur son fauteuil près de la fenêtre du petit salon. Les battages étaient enfin finis, le grain, de belle qualité cette année, s'entassait dans ses greniers et il pouvait être satisfait : les terres de son domaine avaient été une fois de plus à la hauteur de leur réputation, mais cela ne suffirait pas à résoudre ses difficultés financières. La menace qui pesait sur lui se précisait au fil des semaines. Le cours du franc qui ne cessait de baisser depuis la fin de la guerre augmentait la profondeur du gouffre qui allait l'engloutir.

– C'est la dernière année, avait-il dit à Aline, que le battage se fait pour moi au château. L'année prochaine, un autre propriétaire aura pris ma place.

Il soupirait. Aline lui jeta un regard plein de reproches. C'était un faible, un incapable. Il n'avait jamais su ou osé prendre les bonnes décisions et surtout se séparer de Peyroude qui le trompait. Les métayers trichaient et ne lui donnaient qu'une partie des récoltes qui lui revenaient. Au nom de sa bonté légendaire que beaucoup, pour abuser de lui, ne cessaient de louer, M. Henri s'était laissé dépouiller. Il n'avait jamais eu la force de montrer un peu d'autorité et de réclamer son dû. Une promenade quotidienne dans le parc du château, des livres qu'il relisait inlassablement faute d'argent pour en acheter de nouveaux, son cigare qu'il fumait dans le petit salon en regardant par la fenêtre, telle était la vie de celui qu'Aline avait épousé. Tout était mou en lui, ses joues grasses qui pendaient sur son col, ses lèvres, sa silhouette tout entière écrasée par un poids excessif.

– Eh bien, puisque c'est votre dernier battage, décida Aline, ayez du panache. Organisez une fête dans le parc du château.

Il était en effet de tradition de se réunir à la fin des travaux d'été dans les granges débarrassées des gerbes, autour d'un tonneau de vin. Jeunes et vieux dansaient au son de l'accordéon ou du violon. On cuisait une fournée de tourtes pour l'occasion, quelques tartes, les femmes ouvraient les saloirs et les pots de charcuterie.

– Au château ? s'insurgea M. Henri. Mais voyons, tu n'y penses pas !

– Si, j'y pense. Puisque vos métayers qui vous grugent vous aiment tant, faites-leur ce plaisir.

M. Henri n'avait pas su trouver d'autres arguments et avait finalement cédé, comme il cédait toujours. Ainsi ce dimanche 16 septembre une centaine de personnes, hommes vêtus d'une chemise de toile et d'un pantalon noir de tissu épais, le chapeau à la main, femmes en robe de lin grise et devantier à grosses fleurs blanches brodées, enfants en culottes courtes et épaisses chaussettes de laine se pressaient comme un troupeau de moutons sous la grande charmille d'ordinaire réservée au châtelain et à ses invités. Tous étaient sensibles à l'honneur qui leur était fait et parlaient à voix basse ; mais ils auraient préféré rester dans leur grange ou celle du voisin, car ils n'étaient pas libres de leurs gestes. Les enfants se regardaient en souriant mais n'osaient pas se défier. Blaise en profitait pour se faire remarquer. Il était chez lui et allait de groupe en groupe, les mains dans les poches, hilare, parlant fort et riant aux éclats à la moindre boutade. François Peyroude parlait des récoltes à des métayers qui l'écoutaient avec attention. Marthe et Éliane, aidées de quelques volontaires, apportaient les saucissons, les jambons et autres victuailles que tout le monde regardait du coin de l'œil. Le buffet avait été dressé sur des planches posées sur des tréteaux. Les cochonnailles s'amoncelaient entre les tourtes de pain frais et les pâtisseries épaisses. Deux tonneaux de vin munis d'un robinet en bois avaient été disposés à chaque extrémité. Le vieux Gislard avait apporté son accordéon mais devait s'échauffer un peu avant de sortir son instrument du sac en jute dans lequel il le transportait. Tout le monde attendait l'arrivée des maîtres et regardait la façade du grand château. Le soleil brillait sur une campagne humide.

Enfin, M. Henri sortit, vêtu comme d'habitude de son costume sombre. Il marchait lourdement, tenant dans la main droite son habituelle canne vernie dont il frappait les cailloux d'un geste machinal. Il avait encore grossi durant l'été. Il était grave, soucieux, le visage fermé. On le disait malade. Certains affirmaient que cette petite dévergondée de Mme Aline lui causait beaucoup de tracas !

– Une follasse ! disait d'elle le garde champêtre de Treignac qui, ayant été marié deux fois, prétendait tout connaître des femmes.

– Vous avez beau dire, ajoutait la Pierrine en grattant la barbe grise de son menton, on ne gagne pas à épouser jeunesse quand on est vieux !

Aline arriva à son tour, courant presque pour rattraper son mari. Sa robe blanche volait autour de ses mollets. Elle n'avait pas pris de chapeau et montrait ses cheveux roux bouclés attachés avec fantaisie par des rubans. Sa beauté ne laissait personne indifférent ; beaucoup enviaient M. Henri et ne comprenaient pas qu'il fût si sombre. Enfin, il sourit mais son visage conservait une gravité qui l'alourdissait.

– Mes amis, dit-il en levant les bras vers la foule qui se taisait. Cette année marque le retour à la paix et les récoltes ont été abondantes. Que la fête soit heureuse !

C'est tout ce qu'il réussit à dire. Ceux qui le connaissaient depuis longtemps comprirent que ce n'était pas sa manière habituelle. Mme Aline l'entraîna vers le buffet, il prit une tranche de pain et de jambon, aussitôt imité par tous les autres tandis que les voix montaient. Antoine ne se mêlait pas à la foule. D'ailleurs, les gens d'ici ne le connaissaient pas et ne lui adressaient pas la parole.

M. Henri mangea son pain, but un verre de vin, passa de groupe en groupe pour trinquer avec tout le monde, souhaita enfin une bonne fête à tous et se retira. Mme Aline voulut l'accompagner, il s'y opposa :

– Reste donc avec nos invités !

Elle rejoignit le groupe où se trouvait Peyroude qui en fut flatté. Le père Gislard en était à son sixième verre de vin et commençait à se sentir assez léger pour sortir son accordéon du sac. Alors, les notes aigrelettes et cadencées incitèrent les jeunes gens à danser. Il faisait chaud, mais le vin était frais et les couples se formèrent sous la charmille. Antoine n'aimait pas les fêtes. Son enfance morne, les pensionnats, la guerre avaient gommé en lui le goût de la joie et de la vie en société. C'était un solitaire que les cris, les rires agaçaient. De temps en temps, Mme Aline lui lançait un regard curieux. Elle avait accepté de danser avec un jeune métayer qui en tirait une grande fierté. À la fin de la danse, tandis que les gens se bousculaient près des tonneaux, Antoine s'éloigna. Un jeune homme en costume de velours et casquette plate arriva dans le parc par la petite trouée du mur à côté des communs, et posa son vélo contre un amoncellement de grosses pierres envahies de lierre.

– Tu vas être en retard à la fête ! constata Antoine.

– Je viens pas pour la fête. Je viens pour voir M. Rolandier, Antoine Rolandier.

– C'est moi. Mais je te connais pas !

– Je suis d'Affieux et moi non plus, je vous connais pas. On m'a demandé de vous donner cette lettre.

Il sortit de la poche intérieure de sa veste une enveloppe cachetée et la tendit à Antoine.

– Qui t'a donné ça ? Voilà que tu fais le facteur ?

– Quelqu'un que je connais pas. Qui n'est pas du pays ! répondit le jeune garçon en enjambant les pierres ocre du mur et sautant sur son vélo.

Antoine décacheta l'enveloppe et lut : « Dernier avertissement, l'étranger. Déguerpis vite, la prochaine fois sera la bonne. »

Ainsi, ceux qui l'avaient frappé une première fois ne céderaient pas, mais jusqu'où iraient-ils ? Qui

Antoine dérangeait-il au point de s'attirer de telles menaces ? Peyroude ? Sûrement, mais quelles manigances Antoine avait-il bousculées par sa seule présence ?

Tout en réfléchissant, il était arrivé aux communs et il trouva Jeanne dans sa chambre en train de tracer des lettres maladroites, de dessiner des mots. Elle voulait réussir et trouvait depuis peu en elle une volonté farouche qui la maintenait éveillée tard chaque soir.

– Jeanne !

Elle regardait Antoine de cet air soumis mais curieux qu'elle adoptait désormais pendant les leçons d'écriture. Antoine lui prit les mains et les serra fort en souriant.

– Jeanne, tu te rends compte, tu es en train de vaincre le mauvais sort !

Elle ne savait quelle victoire viendrait de ces signes noirs sur le papier blanc, de ces lettres qui s'accrochaient comme des enfants en train de jouer en se donnant la main. À présent, tout ce qui vivait en elle éprouvait le besoin de s'exprimer, se raisonner, se communiquer autrement que par un élan de sa personne. La Mule quittait son état d'animal et employait toute son énergie à cette mutation. Après les difficultés du début, elle découvrait le plaisir de progresser comme si ce flot de mots était déjà en elle, s'y était imprimé à son insu et n'attendait qu'une étincelle pour jaillir en un feu d'artifice qui illuminait son âme. Pourtant, devant Antoine, son acharnement lui semblait coupable, devenait orgueil, prétention, et ses yeux se mouillèrent.

– Jeanne, ne pleure pas, je t'en supplie !

Il s'était agenouillé devant l'infirme qui baissait la tête, en proie à des sentiments contradictoires. Elle s'essuya les yeux et osa enfin le regarder. Il était là, en face d'elle, et pourtant, elle le savait si lointain, si différent. Ce qui les séparait ne pourrait jamais se combler : il restait un homme et elle ne serait jamais complètement une femme.

– Jeanne, je ne sais pas si tu me comprends. Tu es ma petite sœur...

Elle regardait remuer ses lèvres, des mouvements qu'elle connaissait et comprenait parfois. Le feu qui la brûlait depuis qu'Antoine passait chaque soirée près d'elle à lui apprendre à lire incendiait son visage et elle baissa de nouveau la tête pour qu'il ne s'en aperçoive pas.

– Jeanne, toi seule peux m'aider...

Non, Jeanne ne voulait pas céder à l'envie de se blottir contre cette poitrine si proche qu'elle en sentait l'odeur, elle ne voulait pas céder à ce regard dans lequel elle lisait comme de l'attention. Alors, elle se dégagea lentement et sortit. Près du mur du parc, une forme grise rayée de fauve vint se frotter à ses mollets. Jeanne caressa le chat et sentit, à travers les poils, les vibrations de son ronronnement. Antoine demeura un moment tourné dans sa direction. Jeanne vit Mme Aline lui adresser un sourire. Un pincement aigu lui noua l'estomac. Depuis l'été, l'infirme comprenait le sens des sourires de la jeune maîtresse à Antoine et elle en souffrait.

– Mais c'est la Mule ! s'écria un jeune homme déjà bien éméché.

Il courut vers l'infirme, la força à le suivre et à danser avec lui sous les applaudissements d'un groupe de paysans hilares.

– Vas-y, la Mule ! Toi, tu n'as pas besoin de musique pour danser !

Elle était ridicule et le savait. D'un mouvement brusque, elle réussit enfin à se libérer de son cavalier et s'enfuit, poursuivie par une bande de garçons qui poussaient des cris sauvages.

Dans le petit salon, M. Henri avait plié son journal et s'était assis sur son fauteuil près de la fenêtre. Il regardait tomber la nuit et les soupirs de l'accordéon donnaient à ce soir de fin d'été une couleur de conte ancien. Aline n'était pas rentrée, ce qui l'agaçait un peu, même si c'était lui qui avait demandé à la jeune femme de rester avec les invités.

On frappa, trois coups peu assurés, simples frottements du bois par l'arête des doigts. Henri sourit, cette manière de s'annoncer indiquait le visiteur. Il cria d'entrer et Blaise, essoufflé, se présenta devant le maître. Cette dent qui manquait au garçon lui donnait un faux air de naïveté, de simplet qu'il n'était pas. M. Henri connaissait la vivacité d'esprit de son jeune domestique, et sa soif de savoir. Un lien curieux unissait ainsi le maître et cet enfant né au bord de la Vézère.

– Entre donc ! fit M. Henri.

Il attendit que Blaise eût fermé la porte avant de demander :

– Alors, qu'as-tu vu d'intéressant ?

Blaise haussa les épaules. Le silence était revenu : Gislard avait rangé son accordéon dans son sac de jute. Marthe et d'autres filles débarrassaient la grande table. Blaise raconta ce qui s'était passé, ce qu'il avait entendu en flânant d'un groupe à l'autre.

– Au fond, dit M. Henri, cette fête était la bienvenue. C'est la dernière, la conclusion d'une longue histoire, celle des Couperade.

Tout en parlant, M. Henri regardait Blaise d'une curieuse manière, intense, comme s'il détaillait son visage, mais il pensait à sa ruine. Il n'avait pas réussi à trouver les cinq cent mille francs qui manquaient. Les banquiers avaient refusé de prêter pour un domaine totalement hypothéqué, un château en mauvais état, et ses amis avaient tous trouvé de bonnes raisons pour éviter de le dépanner.

Sa décision était prise, tout serait réglé à la fin du mois. Il saurait remettre chacun à sa place, mais ne pourrait supporter le déshonneur.

– Je ne veux pas que vous partiez d'ici ! dit Blaise. Et puis moi non plus, je ne veux pas partir.

– Tu ne partiras pas, je te le promets. Ils prendront le domaine, mais laisseront le château. Tu viendras habiter ici avec ta mère. Au fait, j'ai trouvé un livre qui pourrait t'intéresser.

Il avait parlé sur un ton plein de douceur, paternel, ce qui n'échappa pas à Blaise qui baissa les yeux pour ne pas montrer son trouble. Le jeune homme remercia et sortit, son livre sous le bras : il avait hâte de s'enfermer dans sa chambre pour lire.

Aline arriva enfin. M. Henri la vit de la fenêtre traverser la cour puis il entendit claquer la porte d'entrée. Elle vint directement au petit salon.

– Enfin ! s'exclama Henri, d'une voix pleine de lassitude. J'ai bien cru que tu allais passer la nuit avec nos paysans !

Elle s'étonna, regarda son mari avec de grands yeux, puis s'assit à son tour.

– C'est vous-même qui m'avez demandé de rester !

– Tu as raison, n'en parlons plus. Je viens d'apprendre que Peyroude a de fortes chances d'être décoré de la Légion d'honneur ! Il en aurait parlé à un de nos métayers !

– Je vois que le Berche vous a bien servi une fois de plus !

Il s'assombrit, et se tourna vers le portrait de son père comme vers une image pieuse.

– Peyroude a l'âme la plus sombre que je connaisse ! dit-il.

– Et pourquoi le gardez-vous ? Pourquoi ne vous opposez-vous pas à ce qu'il soit décoré ?

Henri haussa les épaules. Aline se doutait que l'intendant connaissait certains secrets et tenait le maître par le chantage.

– Rien n'est simple, répondit Henri.

Il pensait encore à sa ruine. Aline savait qu'il ne supporterait pas de quitter la demeure de ses ancêtres et qu'il avait tout minutieusement préparé. La remise en cause d'un quotidien rassurant, où elle s'ennuyait sûrement, mais qui la gardait des mauvaises surprises, ne cessait de l'angoisser. Henri ne lui était pas insensible. Elle l'avait épousé par bravade, pour se libérer de sa famille, pour être enfin adulte, et il était devenu comme un père, un ange gardien, un maître qui empêche la petite fille un peu folle de faire des bêtises.

– Il faut se démener ! dit-elle tout à coup. Tenter le tout pour le tout.

– Impossible, nous aurons de la chance si nous sauvons le château.

Un homme assez âgé, très maigre, la casquette à la main, entra dans la cour en jetant des regards curieux autour de lui. M. Henri vit Blaise l'intercepter. Le garçon s'était assis sur un des sièges de pierre devant le château pour feuilleter son livre.

– Curieux, ce lien qui vous unit à ce garçon ! reprit Aline en regardant par la fenêtre. Il se ferait étriper pour vous et vous lui prêtez des livres. C'est bien la première fois qu'on voit un maître prêter des livres à un vacher.

– Ce garçon a l'esprit vif ! répliqua M. Henri. Ce serait un crime de lui refuser un livre.

Il se tut un moment puis ajouta :

– C'est vrai qu'il m'aime bien et que j'ai pour lui une certaine affection.

Dans la cour, l'homme lançait toujours des regards apeurés autour de lui. Il avait un grand nez rouge pointu sous son béret qui lui couvrait les yeux.

– C'est rapport à votre muette..., dit-il à Blaise. Elle est avec mes moutons et pas moyen de la faire sortir !

En effet, Jeanne, paniquée par la meute hurlante à ses trousses, s'était réfugiée dans l'étable où ses poursuivants n'avaient pas osé la déloger.

Le visage de l'adolescent se contracta.

– C'est quand même pas sorcier de la mettre dehors ! rétorqua-t-il d'un ton bourru.

– C'est que... J'ose pas, moi ! On sait pas si elle est méchante !

– Bon, je viens la chercher !

Antoine, qui était à l'écurie en train de brosser les chevaux, avait entendu et il sortit.

– Je vais y aller ! dit-il.

Blaise n'insista pas. Sa mère, c'était un peu son image, un peu lui-même, et son indignation, parfois sa colère, cachaient mal sa honte. Il en voulait à la Mule d'être ainsi la cible de toutes les moqueries, d'essuyer des regards méchants. Il alla se réfugier dans sa chambre.

Antoine partit avec l'homme qui lui expliqua qu'il avait trouvé Jeanne serrée dans le coin le plus sombre de l'étable, accroupie, la tête posée sur les genoux avec les bras autour et qui ne bougeait pas plus qu'une pierre. Le soir tombait, déjà frais. La brume se posait sur les collines.

– Sur le coup, je me suis dit qu'elle était peut-être morte. Et puis elle m'a regardé avec ses grands yeux noirs, j'ai bien compris qu'il fallait pas trop m'approcher, qu'elle savait se servir de ses griffes !

L'homme habitait la plus petite ferme de l'Étanchade, il possédait quelques prairies sèches au-dessus de la Vézère, des champs maigres sur la colline. Dans les maisons, les lumières s'allumaient ; on entendait les cris des fermiers qui rentraient leurs troupeaux.

Une femme se tenait à l'entrée de l'étable, un bâton à la main.

– Vous venez chercher la folle ? demanda-t-elle d'une voix criarde. C'est qu'on a peur qu'elle nous saute à la figure !

Antoine entra dans l'étable au plafond bas, attendit quelques instants que ses yeux s'habituent à la pénombre. Une forte odeur d'urine lui piquait la gorge. L'homme, qui était allé chercher une lanterne, arriva. Les moutons se tassaient dans un coin, inquiets. Antoine aperçut Jeanne roulée en boule près du mur sale. Il s'approcha d'elle.

– Jeanne... Regarde-moi.

Elle ne bougea pas, alors Antoine s'accroupit devant elle et posa sa main droite sur son épaule.

– Jeanne, je t'en prie.

Le contact de la main la fit frémir. Enfin, elle leva les yeux sur lui, des yeux pleins de la lumière diffuse de la lanterne.

– Regarde, je te parle. Essaie de comprendre... Viens avec moi...

Elle émit une sorte de bruit de gorge, une éructation profonde, et voulut repousser Antoine qui insista.

– Jeanne, s'il te plaît... Je suis là, il ne t'arrivera rien !

Alors Jeanne obéit à la pression de la main sur son épaule et se leva, la tête basse ; les regards posés sur elle la brûlaient.

Ils remontèrent au château. Antoine soutenait Jeanne qui, le corps parcouru de tremblements, peinait à marcher. La lune s'était levée et éclairait la campagne d'une lumière sans ombres. Ils arrivèrent aux communs, Blaise les attendait devant la porte.

– Et l'autre qui avait peur ! s'exclama-t-il.

L'adolescent fit quelques pas, cherchant ses mots car il redoutait de trop parler.

– Peyroude vous veut du mal ! dit-il enfin. Alors, je vais vous montrer quelque chose qui pourra vous aider. Un secret que même M. Henri ne connaît pas.

– Pourquoi ? Tu répètes tout à M. Henri et tu ne lui aurais pas dit ce secret !

Blaise baissa la tête, honteux.

– Je l'aime bien, M. Henri, il a toujours été bon pour moi. Moi, je vois tout, je sais tout, mais ça je ne lui ai pas dit parce que je veux pas qu'il ait des ennuis !

Ils partirent dans la nuit et, une fois de plus, Antoine admira l'agilité du jeune garçon qui se déplaçait sans bruit et se dirigeait dans l'obscurité aussi bien qu'un chat.

– Pendant les années d'occupation, Peyroude et M. Henri tuaient des animaux dans ce qu'on appelle la bergerie qui est une ancienne grange où l'on enferme parfois les moutons en hiver. Et ils les vendaient au marché noir à des Français, mais surtout aux officiers allemands...

– Comment tu sais ça ?

– C'est moi qui surveillais les environs, qui avertissais de l'arrivée des marchands, qui donnais l'alerte parfois...

– Et qu'est-ce que tu veux me montrer ?

Ils arrivaient à la bergerie et Blaise retint Antoine par la manche de sa veste. Ils se cachèrent derrière un énorme houx ; le garçon lui fit signe de l'attendre. Il revint quelques instants plus tard, toujours aussi silencieux.

– Il n'y a personne ! dit-il. On peut y aller.

Ils entrèrent dans le bâtiment. Blaise alluma son briquet dont la lueur chancelante éclaira les murs gris et un tas de foin. Le garçon prit une fourche et déplaça la meule. Il approcha son briquet.

– Fais attention, tu vas mettre le feu !

Il dégagea deux grosses caisses en sapin, souleva le couvercle de la première, approcha la petite flamme tremblante.

– Il y a là une fortune ! Des tableaux comme j'en ai jamais vu d'aussi beaux, des bijoux, des sacs entiers de billets américains. De quoi racheter le domaine et réparer le toit du château !

Antoine n'en revenait pas. Il écarquillait les yeux pour mieux voir dans la pénombre ce trésor entreposé ainsi dans une vieille bergerie.

– C'est à qui ?

– J'en sais rien. J'ai vu ceux qui l'ont apporté. Peyroude leur a dit : « Ici, ça risque rien ! » Il avait oublié que je vois tout, que je sais tout !

– Tu l'as montré à quelqu'un d'autre ?

– À personne ! M. Henri est trop bon. Les autres pourraient le tuer ! Vous c'est pas pareil, vous êtes plus fort.

En parlant, l'adolescent avait replacé le couvercle et remettait le foin sur les caisses.

– C'est grave ! dit enfin Antoine.

Antoine redoutait une nouvelle attaque des hommes de Peyroude et restait constamment sur ses gardes. Blaise, en habile braconnier, surveillait les environs et pourrait l'avertir à temps.

– Peut-être qu'il faudrait quand même en parler à M. Henri ! dit le garçon, perplexe.

– Non, on doit se débrouiller seuls.

Peyroude n'adressait que rarement la parole à Antoine, mais l'épiait de loin, guettait ses allées et venues. Antoine avait compris qu'il avait affaire à un de ces réseaux constitués après la guerre qui écoulaient des objets de valeur, des bijoux volés aux collaborateurs condamnés qui les avaient eux-mêmes volés aux Juifs déportés. Ces réseaux étaient encore assez bien organisés et ne craignaient pas grand-chose de la police, surtout quand d'anciens résistants étaient à leur tête.

M. Henri avait finalement obtenu un report de ses dettes jusqu'à Noël et reprenait espoir de sauver le domaine. Ces démarches l'avaient rapproché d'Aline qui le suivait auprès de ses créanciers et savait placer un sourire engageant au bon moment, dire une parole gentille ou flatteuse. Sa présence ouvrait des portes jusque-là fermées, mais ne suffisait pas à délier les bourses.

L'automne était arrivé, sans qu'Antoine fût inquiété. Quand il se rendait à Bar, il rentrait cependant avant la nuit et Blaise inspectait discrètement les abords du parc. Les soirées étaient de plus en plus longues. Le jeune homme lisait les livres que M. Henri lui prêtait et aidait Antoine à faire travailler sa mère chaque fois qu'il le pouvait, répétant inlassablement les mêmes syllabes, les mêmes mots. Jeanne avait refusé de lire la semaine qui avait suivi la fête, mais son état de Mule lui pesait trop et elle s'était remise à ses pages d'écriture. Elle s'appliquait de nouveau, s'acharnait à transcrire par des lettres les mouvements des lèvres qu'elle apprenait à différencier, et ses progrès étaient constants. Blaise pensait qu'elle saurait lire à la fin de l'hiver.

– On lui achètera une ardoise et un crayon. Elle pourra se faire comprendre comme tout le monde !

De jour en jour, le miracle s'accomplissait. Dans son esprit, Jeanne substituait aux images fugitives, au défilement de lumières et d'ombres, des mots beaucoup plus précis et faciles à manier. Elle découvrait la pensée véritable, apprenait le monde, comme un tout petit enfant, en piétinant, faisant cent fois le même cheminement. Ainsi, elle découvrit le nom de celui que l'on montrait crucifié dans les églises ; Blaise, qui était allé au catéchisme, lui expliqua qu'il était mort pour obtenir le pardon des péchés des hommes. Alors Jeanne fut fière de confondre sa douleur à la sienne, et cela pour une raison supérieure qui lui échappait mais restait nécessaire à toute l'humanité.

À la Toussaint, il faisait encore très beau. Antoine alla passer deux jours à Bar. Henriette lui reprocha ses visites trop peu fréquentes.

– C'est qu'on s'ennuie sans vous !

Le dimanche, il se rendit au cimetière. Beaucoup de gens vinrent le saluer et lui parlèrent de son père, de son grand-père et du moulin qui faisait la meilleure farine du pays. Il éprouva une fois de plus la sensation d'appartenir à cette communauté, à son histoire, d'être à sa juste place dans le petit cimetière à flanc de colline. Des cousins qui venaient chaque automne s'y recueillir avaient entretenu le caveau des Rolandier, austère et imposant avec ses lourdes pierres grises. Ici, les différences de fortune ne s'effaçaient pas avec la mort et la dernière demeure des meuniers du Gué écrasait les stèles lépreuses des familles de métayers et autres miséreux. Antoine tirait une certaine fierté de ce grand caveau qui le plaçait, malgré sa condition, au-dessus des autres par ses ancêtres.

– C'est qu'ils avaient de l'or, les Rolandier ! dit un vieux qui s'était arrêté près du caveau. Mais ça leur a pas servi à grand-chose !

Antoine acquiesça. Il était, désormais, parmi les plus pauvres, mais il savait que cet or existait toujours, quelque part sous les ruines. Il se souvenait vaguement d'une boîte très lourde, une grosse boîte en fer de biscuits secs que son père avait rapportée lors d'une permission au tout début de la guerre de 14, avec un cheval peint sur le couvercle.

L'après-midi, il descendit à la rivière. Le soleil brillait, un soleil d'automne, seulement doux ; une lumière épaisse coulait sur les pentes et un grand calme régnait sur la forêt aux couleurs de feu.

Antoine imaginait le moulin reconstruit, la route élargie pour permettre l'accès aux camions.

Il sursauta. Un bruit de caillou qui roule le fit se retourner vivement. Henriette était là, qui lui souriait, ses yeux noirs pleins d'un éclat précieux. Ses cheveux courts luisaient à la lumière rasante.

– On est revenu au jardin des souvenirs !

– Je suis né ici ! dit Antoine. Je me sens bien dans ce vallon, au bord de la rivière. J'entends des voix, celles des meuniers qui s'y sont succédé.

Henriette s'approcha de lui, si près qu'il voyait le petit duvet blanc sur sa lèvre supérieure.

– Les voix du passé... Ce sont souvent les veuves qui les entendent ! Des veuves de trente ans ! Quand Adrien est parti, nous étions mariés depuis trois mois.

Antoine sentait l'épaule d'Henriette toucher la sienne. Il lui semblait qu'un seul geste, infime, aurait suffi pour qu'elle se blottisse contre lui. Et ce geste, il ne le fit pas ; il parlait :

– J'ai grandi sans foyer, dans des maisons trop grandes pour des enfants, avec des éducateurs trop sérieux. C'étaient des casernes ou des prisons. Je suis amputé de ma famille, de mon enfance et c'est tout cela que représentent ces tas de cailloux.

– Et votre mère ?

Antoine serra les dents, se tourna vers Henriette, le regard dur. Un merle partit du houx en poussant son cri rigolard. Sous le pont, une cascade barrait le torrent de son eau blanche. Tout à coup, une truite jaillit de l'écume en continuant d'agiter ses nageoires et tomba en amont de la chute.

– C'est leur instinct ! dit Henriette. Les truites remontent tous les automnes vers les sources des rivières pour pondre leurs œufs et rien ne les arrête !

– Ma mère, fit Antoine, n'a toujours pensé qu'à elle. Si elle ne m'avait pas emmené quand elle a quitté ce moulin, ma vie aurait été autre.

– J'ai l'impression, poursuivit Henriette, que vous n'êtes pas à l'aise avec moi.

Antoine regarda l'éclair d'une deuxième truite qui venait de sauter la cascade. À cet instant, il pensait à Mme Aline, au bien-être qu'il éprouvait auprès d'elle.

– Je ne sais rien des femmes ! La vie ne m'a pas donné l'occasion de les approcher !

– C'est sûrement parce que vous ne l'avez pas voulu !

Ils remontèrent en silence au village, conscients que quelque chose les séparait. Henriette frissonna en serrant son gilet de laine sur sa poitrine. Antoine ne s'attarda pas dans la salle du bistrot remplie de gens venus des communes et des villages voisins. Il monta dans sa chambre et ne descendit pas pour le dîner. Il était triste, d'une tristesse liée à Henriette. La jeune femme devait ressentir le même sentiment confus, épais et lourd, puisqu'elle l'avait quitté sans lui dire bonsoir. Antoine était tout à coup découragé ; les ruines du moulin du Gué avaient le poids d'une montagne, il en était écrasé. Prisonnier d'un tas de pierres, il se sentait à bout de forces, comme usé par un rêve qui avait dévoré toute sa vie et ne laissait qu'un être décharné.

Et puis il y avait la menace de cette bande de trafiquants qui entreposait son butin dans la vieille bergerie de l'Étanchade. Il redoutait toujours une embuscade. Deux mois étaient passés depuis qu'il avait reçu la lettre de menaces et ce temps, au lieu de le rassurer, lui faisait redouter un traquenard auquel il ne pourrait échapper. Pourquoi n'était-il pas resté à Paris après sa libération ?

Il s'endormit avec la sensation désagréable d'avoir tout raté. Le lendemain, il s'éveilla de bonne heure. Il allait mieux et décida de rentrer à l'Étanchade. Henriette lui fit la tête :

– Nous aurions pu aller nous promener et cueillir des champignons.

Il partit avec la conviction qu'il fuyait la jeune veuve et son regard ardent qui le dérangeait parce qu'il le remettait en question. Sa sensualité lui faisait peur, ouvrait en lui la faille profonde creusée par tant d'années de solitude. Il se sentait maladroit, terriblement inférieur à cette femme. Avec Jeanne, il était au contraire très serein. Jeanne était un peu sa sœur ; il ne la considérait pas comme une femme à part entière et elle échappait à l'ambiguïté qui le paralysait devant Henriette.

Au château, Blaise était seul avec sa mère. M. Henri et Aline étaient partis pour Tulle dès le matin et ne rentreraient qu'à la nuit. Les autres profitaient de ce jour consacré aux morts pour rendre visite à des cousins qu'ils ne voyaient qu'une fois par an. Antoine se dit que l'occasion était belle pour ses agresseurs de tenter un coup de main et demanda à Blaise s'il n'avait vu aucune voiture ou repéré des inconnus rôdant autour du domaine.

– Il y a du nouveau ! annonça Blaise. La nuit dernière, une camionnette est venue, tous phares éteints, se garer près de la bergerie. Ils ont emporté une caisse. On ira voir tout à l'heure.

– Et la camionnette, tu l'as pas reconnue ? C'était pas celle de Peyroude ?

– Non, mais j'ai relevé l'immatriculation. Ils sont si maladroits et Peyroude en tête que j'étais à moins d'un mètre d'eux et qu'ils ne m'ont pas vu !

– Tu dis que Peyroude y était ?

– Oui. Il a parlé de vous !

– Ah bon ?

– Il a dit que vous ne vous intéressiez qu'à la Jeanne et qu'il fallait pas bouger pour l'instant !

La nuit tomba vite, une nuit d'encre où seul un animal sauvage comme Blaise pouvait se déplacer sans s'égarer et surtout sans bruit. Ils se rendirent à la bergerie. Au château, la fenêtre du petit salon allumée indiquait que M. Henri et Aline étaient rentrés. Antoine suivait Blaise en le tenant par la manche pour ne pas le perdre.

– On peut y aller, dit le jeune homme.

– Et s'ils viennent ?

– Ils font plus de bruit que des sangliers !

Dans la bergerie, Blaise alluma son briquet, commença à déplacer la meule de foin mais soudain il se dressa, aux aguets.

– Tirons-nous, ils arrivent !

L'adolescent replaça prestement le foin. Antoine, qui n'avait rien entendu, le suivit dans le taillis voisin. Ils s'arrêtèrent à quelques pas, bien dissimulés dans un ancien fossé. Alors, Antoine perçut un lointain bruit de moteur.

– Heureusement que j'ai de bonnes oreilles, souffla Blaise, sinon ils nous coinçaient comme des lapins.

Une voiture apparut, les phares éteints, et s'arrêta devant la porte. Des silhouettes en sortirent, pénétrèrent dans le bâtiment puis remontèrent dans le véhicule qui se laissa emporter par la descente en roue libre. Antoine tendit la main à côté de lui, Blaise avait disparu. Le jeune garçon revint quelques instants plus tard.

– J'étais à les toucher, mais ils m'ont pas vu. Ils n'ont emporté que les billets américains. La caisse est toujours là. J'ai encore relevé l'immatriculation de la voiture.

Il s'éloigna de quelques pas, puis se tourna vers Antoine.

– Vous faites ce que vous voulez ! Moi, je sais ce que j'ai à faire ! J'ai un compte à régler avec ce salopard qui s'en prend à la Jeanne et m'a cassé une dent.

– Qu'est-ce que tu veux dire ?

– Rien, je m'entends !

– La pauvre Mule, comme ils l'ont arrangée !

Antoine arrivait de l'écurie. Le sol gelé sonnait sous ses pas. L'hiver était venu brutalement, en quelques jours à la mi-novembre, aussi froid que l'été avait été brûlant, gelant les dernières fleurs oubliées, les feuilles sèches sur les chênes. La nuit tombait ; le vent soufflait du nord, plein d'aiguilles. Émile remonta le col de sa veste et poursuivit :

– On l'a trouvée à l'entrée du parc. Ils ont eu la main lourde !

– Qu'est-ce qui s'est passé ?

– Sûrement des gars qui ont voulu s'amuser ! Mais depuis l'été dernier, elle se laisse plus faire, alors ils ont dû s'énerver !

– Et tu n'as vu personne ? demanda Antoine à Blaise.

– Non, je les ai pas vus, sinon...

Il mentait. Il avait vu les deux frères Garcoint, des bûcherons de Lestard, entraîner Jeanne hors du parc et lui parler grossièrement. L'un d'eux l'avait poussée contre un arbre moussu et avait soulevé sa robe. Elle s'était défendue, alors les deux garçons l'avaient battue jusqu'à la laisser sans connaissance. Mais

Blaise ne s'était pas interposé, les frères Garcoint avaient la réputation d'être des brutes capables de tous les mauvais coups, et maintenant, devant les autres, il avait honte de sa lâcheté.

Dans sa chambre, allongée sur son lit, Jeanne était revenue à elle. Sa figure que Marthe avait nettoyée était gonflée, plusieurs plaies saignaient au front, une autre au menton. Elle respirait difficilement et émettait une espèce de bruit de râpe, de fer rouillé qui grinçait, et ce bruit faisait plus mal que des gémissements ordinaires. Quand elle vit Antoine, ses yeux retrouvèrent une lueur de vie. Au pied de sa table, les feuilles de papier sur lesquelles l'infirme s'était entraînée à écrire étaient tombées pêle-mêle. Elle savait désormais constituer des phrases simples, mais n'arrivait pas à retenir l'orthographe des mots. Elle allait toujours au plus direct pour exprimer ce qui n'était pour elle que mouvements de lèvres et elle écrivait d'une manière phonétique. Malgré cela, Antoine était étonné de la rapidité de ses progrès.

– M. Henri a averti les gendarmes ! dit Émile. Mais ils ne sont pas bien pressés pour arrêter les coupables !

Jeanne tenta de sourire de ses lèvres gonflées. Elle se sentait encore ridicule, comme toujours. Devant Antoine, elle avait honte de ses blessures, honte des coups reçus pour avoir refusé de se prêter à la fantaisie de deux brutes. Mais elle ne le regrettait pas. Désormais, elle osait se défendre. Les mots venus du papier lui avaient appris l'amour-propre. Elle qui, jusqu'à une époque récente, acceptait toutes les humiliations, appartenait à tous les hommes, comprenait que le refus était aussi une manière d'exister, parce qu'elle ne voulait appartenir qu'à un seul.

Son regard ne quittait pas Antoine, le porteur de mots de plus en plus nombreux. Un monde de mots peuplait sa tête, chauffait son cœur. Ils transportaient jusqu'aux autres ce qui naissait dans son esprit, et appelaient de nouvelles phrases sur des lèvres ou des signes tracés sur le papier. Les murs de sa prison laissaient désormais passer le vent de l'extérieur, celui de la liberté. Elle regarda par la fenêtre la campagne figée de froid : Jeanne aurait désormais la patience d'attendre le printemps.

Quelques jours plus tard, elle ne gardait de l'agression que des égratignures. Sa silhouette s'était dressée; elle qui, jusque-là, marchait toujours la tête baissée osait désormais regarder les gens en face et lire sur leurs lèvres ce qu'ils lui disaient.

M. Henri ne cachait pas son ravissement. Pourtant tout allait mal : l'échéance des créanciers, repoussée une nouvelle fois, finirait bien par arriver. Il s'enfermait chez lui dans un mutisme lourd qui en disait long. À l'inverse, Peyroude n'avait jamais montré autant d'assurance et continuait de crier ses ordres. Il malmenait les journaliers, hurlait contre Blaise qui serrait les dents, et continuait d'ignorer Antoine. Avec Jeanne, son attitude avait radicalement changé. Il préférait garder ses distances. Il ne redoutait pas qu'elle pût le dénoncer, mais ne voulait pas entrer en conflit ouvert avec Antoine.

À Noël, Antoine retourna à Bar pour quelques jours. Jeanne ne montra pas combien ce départ la contrariait. Privée de son ange gardien, elle se sentait perdue, le monde se vidait, les mots se brouillaient dans sa tête, une peur viscérale la paralysait, le jour qui se levait ne valait pas d'être vécu.

– Je t'emmènerai au printemps ! promit Antoine.

Henriette l'accueillit froidement. La jeune veuve n'avait pas oublié la manière dont ils s'étaient quittés à la Toussaint, le malaise qui s'était installé entre eux avait pris forme pendant ces deux mois d'absence. Ils allèrent cependant se promener au moulin du Gué et comme il faisait froid, elle se serrait près de lui.

– Mon Dieu, que vous êtes sauvage ! Un véritable ours brun !

Antoine s'éloigna, les mains dans les poches. Il alla jusqu'au petit four resté debout et marcha entre les tas de cailloux. Henriette le regardait déplacer des pierres et dégager une grande meule que le gel avait fendue.

– Il faudra en trouver une autre.

La jeune femme comprenait que l'acharnement d'Antoine était une façon de se cacher sa solitude. Il reportait à plus tard toute autre préoccupation et pourtant, n'était-il pas en train de se tromper, de courir après un leurre alors que la réalité pouvait encore tant lui donner ? Elle s'emporta :

– Le moulin a brûlé en 1926, nous sommes à la fin 1945. Souvenez-vous du nombre de moulins qui existaient en 1926, et qu'en reste-t-il ? Deux dans toute la vallée, celui de Vimbelle et celui d'Orliac. Vous croyez qu'il y aura encore assez de blé à moudre pour celui que vous allez construire ?

Il fit semblant de ne pas entendre et poursuivit son exploration des ruines, comme s'il cherchait quelque chose.

– Les gens s'en vont et ceux qui restent sèmeront de moins en moins de blé, parce que le sol n'est pas assez riche, poursuivit Henriette en marchant vers lui. Ce pays est foutu !

Il savait cela, pourtant comment abandonner ce qui était sa raison de vivre, son envie de revanche ? En reconstruisant le moulin, il renouait avec ses jeunes années qui furent heureuses, il rayait définitivement l'errance du pensionnat et le rejet des autres.

– Vous vous acharnez sur du vent ! cria tout à coup Henriette. Vous pensez faire revivre le passé et vous oubliez vous-même de vivre.

Il se tourna vers la jeune femme, debout sur la grosse meule, qui lui faisait face. Le soleil avait réussi à traverser la brume et éclairait faiblement le mur de la grange.

– Je sais pas ! dit-il, comme vaincu.

Henriette sauta de pierre en pierre et se planta près de lui.

– Vous n'avez pas plus de raison qu'un enfant, voilà la vérité. Et pourtant, il est temps de vivre ! Moi, en tout cas, je suis pressée !

Il eut un geste imperceptible, sans signification. Pourtant, Henriette se précipita contre lui et ils s'étreignirent avec des gestes brusques d'adolescents maladroits. Henriette, qui portait la solitude de son corps depuis si longtemps, dans un village sans surprise où tout le monde se connaissait, rêvait de cette étreinte depuis longtemps. Elle y puisait une force nouvelle, une jeunesse demeurée en réserve au fond d'elle. Quand ils se séparèrent, Antoine avait honte de ce geste qu'il n'avait pas prémédité et dont il se sentait coupable.

– Pourquoi retournez-vous à l'Étanchade ? Restez ici, le travail ne manque pas...

– Ici, je ne peux qu'être patron, pas domestique !

– Vous êtes un âne ! s'emporta de nouveau la jeune femme. Vous croyez que c'est écrit sur le front des gens s'ils sont patrons ou domestiques ? Vous croyez que c'est ça qui fait l'honneur ?

Henriette était rouge de colère. Elle insista :

– Jamais le moulin ne refonctionnera ! Vous pouvez le reconstruire, c'est aller à la ruine ! Le dernier des Rolandier doit chercher un autre métier !

Antoine reçut cette parole comme un coup de couteau qui lui aurait lacéré le cœur et les poumons. Il fit quelques pas en titubant, comme ivre, trop lourd de cette vérité qu'il entendait et n'aimait pas.

– Qu'est-ce que vous croyez ? insista encore Henriette de sa voix pointue que la colère rendait criarde. Vous vous plaignez tout le temps de votre enfance, de vos nombreuses années de guerre et vous vous obstinez dans ce qui ne peut vous conduire qu'au malheur ! Vous n'aurez que ce que vous cherchez !

Ils se séparèrent, fâchés une fois de plus. Antoine remonta au village seul derrière Henriette qui courait. Il repartit aussitôt pour l'Étanchade. Le sourire de Jeanne lui remit un peu de cœur au ventre, mais les paroles d'Henriette résonnaient encore en lui. Leur terrible menace le bloquait dans une position subalterne qui ne lui convenait pas.

Le soir, après dîner, tandis qu'il faisait écrire Jeanne, Blaise vint le chercher. L'adolescent avait cet air mystérieux et malin qu'il affectait quand il était porteur d'une nouvelle grave.

– Venez ! Il y a du nouveau.

Ils sortirent. La nuit était très sombre, une véritable nuit d'hiver, épaisse, palpable. Le froid humide piquait.

– Vous en faites pas ! souffla Blaise. Vous savez bien que j'ai des yeux de chat !

Ils arrivèrent à la bergerie où Blaise entra sans précautions, allumant son petit briquet.

– Ils se méfient et ont tout emporté ! dit-il.

La petite flamme éclairait les yeux de l'adolescent, son visage maigre, son grand nez qui ressemblait, dans cette pénombre, à un bec d'échassier.

– Et où l'ont-ils emporté ?

– Peyroude était avec eux. Ils avaient garé leurs voitures dans le chemin en bas du mur, juste à côté du tas de pierres. Ils ont chargé la caisse et sont partis. Peyroude est resté. J'ai entendu un des trois gars lui dire : « Ta part te sera versée comme tu sais. »

– Tu n'en as pas parlé à M. Henri, c'est promis ?

– Non, juré. Je lui ai apporté quatre lapins ce matin, il était content. Mais je vois bien à sa figure qu'il va mal.

Le lendemain, avant midi, les gendarmes de Treignac vinrent à l'Étanchade. Ils demandèrent à parler à François Peyroude. M. Henri voulut savoir ce qu'ils cherchaient :

– Un trafic d'objets d'art.

Peyroude avait perdu sa superbe devant les hommes en uniforme et faisait celui qui ignorait tout. Il jura n'être pour rien dans ce trafic. Les gendarmes l'emmenèrent malgré ses protestations.

Tandis que la voiture s'éloignait, Blaise souriait. Le regard que Peyroude lui avait lancé en montant dans le véhicule ne lui avait pas échappé et, pour la première fois, il avait osé soutenir les petits yeux perçants de l'intendant, il avait conscience de venger sa mère.

– C'est moi qui l'ai dénoncé ! dit-il d'une voix sèche qui ne lui était pas habituelle.

M. Henri se retira dans le petit salon. Mme Aline voulut lui parler, il lui demanda de le laisser en paix. Il s'installa sur son fauteuil près de la fenêtre et regarda la campagne silencieuse sous la neige. Les soucis l'accablaient en ce mois de janvier 1946. La saisie du domaine était imminente et il ne lui resterait que ce vieux château dont il faudrait réparer la toiture, mais, une fois toutes les créances payées, aurait-il seulement encore de quoi vivre ?

Il se tourna vers le portrait de son père. Austère, distant, M. Léopold avait été un véritable maître qui dirigeait le domaine avec rigueur et ne cédait jamais aux récriminations de ses métayers. À côté, M. Henri faisait figure de mou, d'indécis qui ne sait pas imposer ses volontés chez lui. Mais c'était ainsi : il n'aimait pas réclamer son dû à ceux qui avaient à peine de quoi vivre. Une fin de race, disait de lui sa mère qui avait aussi le caractère tranché.

Tant de bonté l'avait conduit à la ruine. Son premier mariage avait été catastrophique. Il n'avait pas su freiner les dépenses inutiles de Françoise qui, après la mort de leur fille, achetait sans compter. À l'Étanchade, seule une volonté farouche permettait de survivre : l'hiver était trop dur et la terre trop pauvre pour qui était faible.

Il redoutait, deux semaines après l'arrestation de Peyroude, une nouvelle visite des gendarmes. Son intendant était capable de le mouiller dans une affaire qui se passait sur ses terres, alors comment survivre au déshonneur ?

Il sortit du petit salon et demanda à Éliane d'appeler Blaise. La servante ne s'en étonna pas : souvent M. Henri faisait venir l'adolescent pour lui parler de chasse ou lui prêter des livres. Personne ne connaissait le pays aussi bien que le jeune homme et surtout les animaux qui s'y trouvaient... Ce jour-là, l'attitude du maître parut bizarre à Blaise qui avait l'instinct sûr de sa mère et comprenait les gens sans le moindre mot. M. Henri, assis à son bureau, le regarda longuement.

– Pourquoi ne m'as-tu pas averti du trafic qui se faisait dans l'ancienne bergerie ? demanda-t-il tout à coup. Tu ne vas pas me dire que tu ne le savais pas !

Blaise se balançait d'une jambe sur l'autre. Il inspira.

– Je l'ai montré à Antoine et il m'a dit de ne pas vous en parler parce qu'il avait reçu une lettre de menaces. Il ne voulait pas vous causer d'ennuis. Et j'étais de cet avis.

M. Henri se tut un instant, puis se leva.

– N'en parlons plus. Ils ne pourront rien prouver contre moi, puisque je n'y suis pour rien. Au fond, je n'ai fait de mal à personne ! Pendant l'Occupation, j'ai vendu mes animaux et mes légumes. C'était mon droit, d'autant que les gendarmes étaient mes clients !

Il traversa la pièce et se colla au mur opposé.

– Tiens, ajouta-t-il, tu vas aller te placer à côté du portrait de mon père.

Blaise ne comprit pas, mais obéit. M. Henri porta la main à son front et regarda tour à tour Blaise, qui se sentait mal à l'aise, et la grande photo en noir et blanc. Il semblait comparer les deux visages.

– Bon, fit-il après un instant. Tu as lu les livres que je t'ai prêtés ?

– Tous, et même deux fois !

– Bien, dis à ta mère que je veux la voir.

Blaise demeura un moment immobile, interloqué. C'était bien la première fois que M. Henri demandait à voir la Mule. Celui-ci comprit l'étonnement du garçon et précisa :

– Je veux voir si elle a fait autant de progrès que tu me le dis.

– Elle ne sait pas encore bien écrire, mais on y arrivera !

Blaise sortit. Quelques instants plus tard, Jeanne entrait dans le petit salon. M. Henri lui sourit. C'était assurément une belle femme, mais son infirmité au fil des ans avait exagéré l'amplitude de ses mouvements, les mimiques qui déformaient parfois son visage.

– Est-ce vrai que tu comprends, maintenant ce qu'on te dit ?

Jeanne, qui avait suivi le mouvement des lèvres, répondit oui de la tête.

– Fais-moi voir comment tu écris !

Il lui désigna sur le coin du bureau du papier et un crayon. Jeanne se pencha sur le papier et écrivit son nom en grosses lettres rondes.

– C'est très bien ! N'oublie pas, Jeanne, quoi qu'il arrive, de dire ce que tu sais, que toi seule sais !

Elle le regardait, la bouche entrouverte, les yeux fixes. Il n'était pas certain qu'elle avait compris.

M. Henri prit le crayon et ajouta sur la feuille de son écriture pointue : « Tu diras ce que toi et moi sommes les seuls à savoir. » Jeanne suivit chaque mot des yeux et regarda de nouveau M. Henri qui lui tendait la feuille. Le souvenir auquel il faisait allusion n'était pas un mauvais souvenir, bien au contraire. Sans ce moment d'égarement du maître, sans cet instant d'abandon, que serait-elle aujourd'hui ? Elle souriait, tout à coup heureuse.

– Maintenant, tu peux me laisser.

Il la regarda s'éloigner et s'approcha de la fenêtre pour la voir traverser la cour. Jeanne avait compris, mais il ne lui avait pas parlé comme il l'aurait souhaité ; une sorte de pudeur, de honte peut-être, l'avait retenu.

Très calme, il revint vers son bureau, ouvrit un tiroir, sortit des papiers qu'il parcourut des yeux et les rangea. Il appela de nouveau Éliane.

– Dites à Blaise de revenir me voir.

Quelques instants plus tard, le garçon entrait de nouveau dans le petit salon. M. Henri était grave ; ses mouvements étaient plus lents que d'habitude, empreints de solennité.

– Tiens, dit-il, je t'ai trouvé d'autres livres, dont une histoire de France en deux volumes, tu m'as dit que tu aimais l'histoire.

– La géographie aussi. Je voudrais voir tous les pays du monde !

– Justement il y a cet atlas avec des cartes détaillées et des commentaires sur chaque pays. Je te les donne.

Le jeune homme eut une hésitation. Il ouvrit la bouche, montra sa dent manquante.

– Allez, va maintenant !

Blaise sortit du bureau. Le jour était gris, sans lumière. La neige tombée ces jours derniers avait fondu sur le chemin, mais noyait les massifs du parc. Blaise courut apporter les livres dans sa chambre. Là, il découvrit, glissé entre deux volumes, un petit cahier avec une couverture en carton souple. Il lut, écrit à l'encre violette avec de belles lettres bien formées de cette écriture d'autrefois un peu penchée et régulière : *Histoire de la famille Couperade.* Curieux, Blaise ouvrit le cahier et découvrit sur la première page un arbre généalogique. Dans les racines, était écrit, toujours de cette écriture parfaite : Jehan Couperade, 1426-1471.

Il parcourut des yeux les différentes branches de l'arbre, lut les noms et des dates qui le faisaient rêver à de lointaines époques qu'il aurait aimé connaître. Tout en haut, la branche centrale se terminait par Henri Couperade, écrit avec une encre fraîche. Un autre nom avait été ajouté puis rayé, de sorte que Blaise ne put le déchiffrer. C'était probablement la fille morte de M. Henri et de sa première femme...

Un coup de fusil suivi d'un cri strident le poussa à jeter le cahier sur son lit et à sortir précipitamment. Émile était aussi sorti de l'étable, sa fourche à la main. Antoine courait vers le château. Blaise fit de même.

– Vite ! cria Marthe, puis Mme Aline dit quelque chose d'une voix rapide que Blaise ne comprit pas.

En entrant dans le château, Blaise entendit Mme Aline s'écrier : « Mon Dieu ! Mon Dieu ! » Il courut dans le couloir jusqu'au petit salon. Il vit d'abord le fusil posé sur le coin de la table, et ensuite Mme Aline et Antoine qui se penchaient sur M. Henri étendu sur le sol. Du sang avait coulé sur le plancher en une flaque lisse qui reflétait les formes géométriques de la fenêtre.

– Aide-moi à le porter ! s'écria Antoine. Il faut l'emmener à l'hôpital.

Blaise se précipita vers M. Henri étendu et découvrit avec horreur le visage ensanglanté du maître. Tremblant, il lui prit les pieds. Antoine souleva les épaules. Aline les aidait de son mieux. Ils descendirent ainsi les marches du perron et allèrent jusqu'à la voiture garée près de l'écurie. Émile ouvrit la portière arrière. Blaise entra en reculant dans le véhicule, tirant le blessé qui gémissait sur la banquette. Le sang coulait sur le siège. Aline, n'y prenant garde, s'assit à côté de M. Henri dont elle tenait la main. Antoine, qui avait appris à conduire pendant la guerre, se mit au volant et démarra. M. Henri gémissait toujours, la tête posée sur les genoux d'Aline qu'il tachait. Il ouvrit les yeux et vit le jeune Blaise près de lui.

– C'est bien ! dit-il.

Puis il ajouta quelque chose que personne ne comprit et ferma de nouveau les yeux. Quelques minutes plus tard, ils arrivaient à l'hôpital de Treignac. Un médecin examina la blessure.

– Que s'est-il passé ?

– On ne sait pas. Il devait nettoyer son fusil et le coup est parti !

Des brancardiers emportèrent le blessé, le médecin dit à Aline :

– Le coup est entré par la droite du menton, il a traversé le palais, arraché la pommette et a touché une partie du cerveau. On ne peut pas se prononcer pour l'instant.

La nuit était tombée, épaisse, humide et froide. Aline frissonnait. Blaise enfonça ses mains dans ses poches. Il avait froid lui aussi, un froid qui ne venait pas de l'hiver mais du fond de lui-même. En silence, Antoine, Aline et le jeune garçon regagnèrent la voiture. Sur le chemin du retour, Aline demanda à Antoine :

– À votre avis, a-t-il voulu se tuer ou est-ce un accident ?

Cette question, elle se la posait à elle-même. Antoine haussa les épaules. Il pensait à Jeanne, à ses larmes qui roulaient sur son visage tandis qu'ils chargeaient le blessé dans la voiture. Ce n'était pas les larmes de la Mule, simple expression d'une douleur animale, mais des larmes de femme qui exprimaient un sentiment.

Au château, une surprise de taille les attendait : François Peyroude était de retour. Les poings sur les hanches, il semblait les attendre au milieu de la cour éclairée. Quand le véhicule vint se garer près de l'écurie, il salua Mme Aline et ignora Antoine et Blaise.

– Vous pensez bien qu'ils n'allaient pas garder en prison un héros de la Résistance qui va être décoré de la Légion d'honneur ! dit-il. Ils ont bien vite compris que je n'étais pour rien dans cette affaire. Au fait, c'est un accident ou quoi ?

– Que voulez-vous que ce soit ?

L'autre se mit à rire. Il eut un regard circulaire, s'arrêta un instant sur le château, puis sur les écuries.

– Maintenant que je suis revenu, il est temps de mettre de l'ordre dans cette maison. On va commencer par vendre les chevaux ! Ça coûte trop cher et on n'en fait rien.

– Mon époux n'est pas encore mort ! s'écria Aline. Et c'est lui qui décide de ce qu'on doit vendre ou garder !

– Votre époux n'a plus rien à voir dans ce domaine. Le nouveau propriétaire a beaucoup de projets !

– Et vous le connaissez ?

– Ça se peut.

Il s'éloigna. Aline se rapprocha d'Antoine.

– J'ai peur ! dit-elle.

Elle n'osa pas lui demander de venir passer la nuit au château et partit lentement. Antoine se retira dans sa chambre. Il n'était pas rassuré et tendait l'oreille aux bruits extérieurs. Rien ne se produisit.

Vers minuit, un grattement à sa porte le fit sursauter. Blaise lui demandait d'ouvrir. L'adolescent revenait de la chasse. Il était frigorifié, mais avait attrapé deux lapins.

– C'est pour Mme Aline, la pauvre n'a plus rien !

Il entra dans la chambre, et poussa lui-même la porte.

– J'étais dans le coin de la bergerie. Une voiture est encore venue. Il devait rester autre chose ailleurs... Peyroude est malin et ne laisse aucune preuve.

– Et ta mère, où est-elle ?

– Dans sa chambre. Elle pleure, la tête sur ses genoux. Elle n'a pas voulu manger...

Le lendemain matin, Antoine et Mme Aline allèrent aux nouvelles à l'hôpital. Aline n'avait pas fermé l'œil de la nuit :

– J'ai cru mourir tant il y avait de bruits bizarres dans cette grande bâtisse. J'entendais un revenant derrière chaque porte !

L'état de M. Henri était critique et le médecin ne voulut pas encore se prononcer. Les parties vitales du cerveau avaient certes été épargnées, mais la balle avait causé de gros dégâts sur le côté droit de la tête, l'oreille interne était touchée, quelques jours étaient nécessaires pour savoir s'il pourrait en réchapper.

Quand ils remontèrent à l'Étanchade, la neige commençait à tomber. Les domestiques étaient réunis dans la cour de la ferme face à un petit homme maigre, aux longs sourcils, au nez sec et au menton plat. Lorsqu'il vit arriver la traction, il se tourna vers l'automobile et attendit que les occupants en fussent descendus.

– Je vous prie de vous joindre à nous ! dit-il de sa voix aigre. Ceci vous concerne aussi.

Aline et Antoine s'approchèrent du groupe. Peyroude toisa Antoine puis jeta un regard rapide à Mme Aline.

– Voilà, reprit l'homme en ajustant son chapeau. Je m'appelle Lefort Raymond. Je suis le nouveau patron de la ferme du château et j'ai l'intention de la moderniser.

Il avait les joues creuses, la peau grise, son large menton tremblait lorsqu'il parlait. Ses yeux un peu bridés se levaient continuellement sur Antoine. Il portait un manteau noir serré à la taille par une ceinture dont les bouts pendaient.

– Je vous présente Pierre Mazounie, qui conduira le tracteur, car nous allons dorénavant travailler autrement qu'avec des bœufs !

Il se tut un instant et s'approcha de Peyroude qui se tenait en retrait des autres pour bien montrer sa position de chef.

– M. Peyroude m'a expliqué la rôle de chacun d'entre vous ici. Pour les étables, je confirme M. Lagarrigue dans sa fonction... M. Rolandier est visiblement de trop. Il ira se faire embaucher ailleurs.

Peyroude jeta un regard froid à Antoine.

– Jeanne et Blaise pourront rester, continua Lefort. Je crois savoir que M. Couperade s'était engagé devant la mère de cette malheureuse à la garder toujours ici. Nous respecterons cet engagement...

Jusque-là, Antoine n'avait pas imaginé qu'il pût se séparer de Jeanne. Au fil des mois, les séances de lecture et d'écriture l'avaient rapproché d'elle d'une curieuse manière, pas comme un homme se rapproche d'une femme, mais comme les deux parties d'un même élément.

– Quant à vous, Peyroude, j'ai besoin de vous pour apprendre tous les secrets de ce domaine. Ensuite, j'aviserai.

Enfin, il se tourna vers Aline :

– Je ne sais pas ce que vous avez décidé pour Marthe et Éliane. Si vous n'avez pas de quoi les payer pour vous servir au château, je veux bien les garder au domaine.

Mme Aline fut surprise de cette question et ne trouva aucune réponse.

– Il faut attendre que mon mari soit guéri pour qu'il prenne une décision ! dit-elle.

– Soit ! fit Lefort. Votre mari décidera, sinon nous déciderons pour lui si son retour tarde au-delà du mois courant. Pour ma part, j'habiterai le temps de me faire aux réalités de ce domaine dans la petite maison qui se trouve derrière les écuries et que vous appelez la conciergerie. Éliane est en train de la nettoyer. Elle me suffira amplement. Maintenant, que chacun aille à ses occupations.

Antoine contenait sa colère. Il allait abandonner Jeanne alors qu'il approchait du but. L'infirme savait assez bien se débrouiller pour se faire comprendre, mais elle était encore fragile et pouvait retomber dans l'obscurantisme de la Mule si personne ne la soutenait. Il s'en allait vers sa chambre quand Blaise le rejoignit. Les yeux rouges, le garçon était au bord des larmes. La veste déboutonnée, il ne sentait pas le froid piquant ni les flocons de neige qui se posaient sur sa figure. Il voulait parler mais ne trouvait pas ses mots.

– Mon Dieu, quel malheur ! dit-il enfin.

– Où est ta mère ?

– Peyroude l'a envoyée sortir le lisier des cochons. Il a dit qu'elle n'avait pas à perdre son temps pour ce qu'elle ne comprenait pas. Qu'est-ce qu'on va devenir ?

Ils arrivèrent dans la chambre d'Antoine.

– Ce Lefort... J'aime pas sa tête, son regard en dessous, son nez pointu et son menton en bec de canard !

– Toi qui sais tout, demanda Antoine, tu ne connais pas quelqu'un qui a besoin d'un domestique dans le hameau ? Comme ça, je ne serais pas trop loin et je pourrais continuer de m'occuper de Jeanne.

Le garçon réfléchit, leva les yeux au plafond puis inspira :

– Le père Masson s'est disputé avec son fils... Il a sûrement beaucoup de mal à faire tout son travail avec ses jambes tordues. C'est la dernière maison dans la descente...

– Je vais aller le voir. On sait jamais.

Puis prenant son sac, Antoine sourit :

– T'en fais pas, tout va s'arranger !

– C'est pour la Jeanne ! dit Blaise. Faut pas arrêter de la faire lire.

Il n'arrivait pas à dire « ma mère », ce mot se hérissait de piquants dans sa gorge.

– C'est que moi, ils me craignent pas, alors...

– Je vais m'arranger avec le père Masson et on continuera de s'occuper d'elle !

Antoine sortit. Peyroude appela Blaise de sa voix rude et cassante. L'adolescent s'éloigna tandis qu'Antoine se dirigeait vers le château. Il y trouva Mme Aline assise dans le petit salon qu'Éliane avait nettoyé.

Ses cheveux s'écrasaient en boucles plates sur sa tête. Ses petites mains fines posées sur les genoux, elle avait perdu sa fierté souveraine, cette aisance de femme qui se sait belle et regardée. On aurait dit une petite vieille.

– C'est ainsi ! dit-elle en poursuivant sa pensée à haute voix. Pendant des mois, je me suis ennuyée auprès d'Henri et maintenant qu'il n'est plus là, je suis complètement désemparée.

– Rassurez-vous ! M. Henri va revenir...

Elle haussa les épaules, le regard perdu dans la lumière laiteuse de la fenêtre.

– Et même s'il revient... J'ai voulu être riche pour tout avoir, c'était une erreur... Me voilà pauvre et seule !

Elle se dressa brusquement et se planta devant Antoine. Ses yeux se mouillèrent.

– J'ai peur de la solitude ! dit-elle entre deux sanglots puis, se reprenant, elle se dirigea vers la fenêtre.

– Je vais essayer de trouver une place tout près d'ici, dit Antoine.

Il sortit et se dirigea vers le hangar, conscient que ce domaine avec son vieux château avait quelque chose de particulier et d'attachant. Lui qui était venu ici avec l'intention d'arracher son secret à une muette, il avait découvert une terre qui savait retenir ceux qui la servaient.

Antoine enfourcha sa moto et descendit à la ferme du père Masson qui se trouvait à deux cents mètres, une propriété assez importante que Gabriel Masson exploitait jusque-là avec son fils. Antoine le connaissait un peu. C'était un homme grand et maigre, coiffé d'une casquette marron. Il parlait beaucoup d'une voix aiguë et rayée.

Antoine fut accueilli par un minuscule chien qui lui montra les crocs. La cour était envahie de poules, d'oies, de canards. Louise Masson sortit de la maison. C'était une petite femme ronde vêtue d'un tablier gris, cisaillée par une ceinture. Son large visage était très blanc à part quelques ombres de barbe sur le menton. Une verrue sur son nez ressemblait à un gros insecte posé là.

– Mais vous êtes le gars du château, s'étonna-t-elle, celui qui vient d'en bas ?

Dans le hameau de l'Étanchade, le « château » désignait le domaine de M. Henri qui, à lui seul, était plus grand que les quatre autres propriétés, dont celle de Gabriel Masson.

– Oui, répondit Antoine. Mais vous savez que M. Henri est à l'hôpital depuis hier...

– Oui, on l'a dit et c'est bien malheureux !

– Et le domaine a un nouveau patron qui ne me veut plus !

Elle ouvrit de grands yeux blancs. La verrue sur son nez bougea comme une mouche agacée.

– Alors, je cherche une autre place ! poursuivit Antoine.

– Faut voir avec Gaby ! C'est que, ici aussi, le malheur a passé avec son balai. Ah, pauvre monsieur, si vous saviez comme la vie est injuste ! Des gens comme nous qui se sont tués au travail ! Et voilà ! Pourquoi, hein, je vous le demande ?

Antoine haussa les épaules. Un jour ou l'autre, le malheur passait chez tout le monde. Il pensa à Henriette.

– Vous trouverez Gaby aux étables. Il surveille une génisse qui va vêler.

Antoine alla à l'étable suivi par le petit chien qui grognait sur ses talons. Gabriel était grand et maigre ; son nez démesuré, ses yeux ronds qui pleuraient continuellement le faisaient ressembler à un oiseau, une sorte d'échassier. Ses cheveux blancs dépassaient de sa casquette comme des plumes. Antoine le salua et l'homme lui tendit une main énorme, lourde au bout d'un poignet osseux. Ils commencèrent par parler du temps, comme cela se faisait avant d'évoquer le but d'une visite. Puis Antoine expliqua la situation au château. L'autre l'écoutait, en tapotant sa moustache du bout de l'index. Il fit quelques pas, se tourna.

– Je dis pas que ça m'intéresse pas ! fit-il. C'est qu'ici c'est difficile pour moi seul et la pauvre Louise qui n'est pas très solide. Vous comprenez qu'après notre malheur...

Gabriel Masson s'ennuyait. La brouille avec son fils unique l'avait beaucoup affecté. Il manquait surtout quelqu'un pour lui tenir compagnie.

– Les femmes sont bonnes pour semer la guerre ! ajouta-t-il.

La dispute venait en effet de Louise et de sa bru qui ne pouvaient pas s'entendre. Chacune de leur côté, elles avaient monté les deux hommes l'un contre l'autre. La querelle avait couvé pendant tout le printemps dernier et avait éclaté au début de l'été, pour une broutille, un pré à faucher...

– Je dis pas que ça m'intéresse pas ! répéta Gaby qui réfléchissait. Je crois savoir que tu es de Bar...

Il avait adopté le tutoiement, Antoine comprit à ce détail que l'affaire était faite.

– Oui, je suis un Rolandier. Des meuniers...

– Tout ça, on l'a dit ! Tu sais bien comme les gens parlent de tout et surtout de ce qui les regarde pas... Et un meunier qui travaille la terre, c'est un peu bizarre !

Gaby le regarda en fronçant les sourcils. Ses yeux ronds s'étaient plissés, pleins de soupçon.

– J'en ai pris le goût en Allemagne, pendant cinq ans !

– Ça aussi, on l'a dit ! Bon, m'est avis qu'on pourrait s'entendre tous les deux !

Ils se serrèrent la main et entrèrent dans l'étable...

Dans le purin jusqu'à mi-mollets, Jeanne rassemblait le fumier des porcs, le chargeait sur la brouette et l'emportait dans le champ. Une puissante odeur piquait ses yeux et nouait sa gorge. La femme travaillait cependant sans s'arrêter. Quand la brouette était pleine, Jeanne s'arc-boutait sur les brancards et poussait le chargement dehors. Blaise vint la trouver et lui dit en articulant bien pour qu'elle comprenne :

– Antoine est parti !

Jeanne resta un long moment rivée sur les lèvres qui venaient de lui annoncer la terrible nouvelle. Elle n'y crut pas et secoua la tête.

– Il est parti d'ici, mais il va rester, et il continuera de venir te voir !

C'était donc vrai ! Son sang se figeait, la vie quittait son corps. La présence d'Antoine lui était indispensable. Elle ne pouvait pas imaginer vivre loin de celui qui avait ouvert la porte de sa prison et allumé ce feu si doux quand il était près d'elle, quand il la faisait écrire, et si douloureux quand il passait l'après-midi à bavarder avec Mme Aline. Elle s'enfuit, les mains devant la figure. Blaise ne chercha pas à la consoler. Peyroude, planté au milieu de la cour, en compagnie de Lefort, l'appela d'une voix rude.

– Viens par ici et laisse la Mule travailler. Elle n'a que ça à faire et toi, le Berche, tu vas aller aider Émile.

Comme Blaise ne bougeait pas, Peyroude s'approcha de lui, menaçant.

– Tu vas obéir quand on te commande !

Savait-il que Blaise l'avait dénoncé aux gendarmes ? Probablement, mais il n'en laissait rien paraître ; l'arrivée de Lefort le plaçait dans une situation inconfortable, il cessait d'être le maître absolu et se méfiait de l'adolescent qui savait beaucoup trop de choses.

Les deux hommes traversèrent la cour, entrèrent dans l'écurie, examinèrent les deux superbes chevaux de Mme Aline qui allaient être vendus ; ils se rendirent ensuite à l'étable des porcs où Jeanne, les yeux rouges, avait repris son travail.

– Et voilà la Mule ! s'exclama Peyroude en souriant.

Lefort regarda l'infirme un bon moment. Il avait entendu parler d'elle, mais ne s'était jamais imaginé qu'elle pût être belle. On lui avait présenté la sourde-muette comme une sorte d'animal nauséabond, il découvrait, sous le tablier serré, un corps bien fait, une poitrine ferme, des hanches rondes, mais sans lourdeur. Les traits du visage étaient réguliers et gracieux, les grands yeux noirs auraient fait envie à bien des femmes. Lefort se tourna vers Peyroude. Ses petits yeux étaient soupçonneux sous ses longs sourcils, son menton ne tremblait plus, il passa la langue sur ses fines lèvres rouges.

– Eh bien, dites donc..., fit-il en allumant une cigarette.

Peyroude triomphait devant son nouveau patron :

– Elle ne peut quitter le domaine ! dit-il. Elle ne sort jamais et ne connaît rien en dehors de l'Étanchade !

– Certes ! dit encore Lefort, et je suppose que beaucoup en ont profité.

Peyroude reçut l'allusion comme un avertissement. Jeanne ne bronchait pas et continuait son travail. Les yeux de Lefort la transperçaient.

– Sourde et muette, c'est dire qu'elle ne peut pas raconter grand-chose ! constata le nouveau patron. Sait-elle lire et écrire ?

– Pensez-vous ! Rolandier a, paraît-il, essayé, mais je n'y crois pas ! Une mule, je vous dis !

À la tombée de la nuit, Blaise ramena les animaux du pré où ils mangeaient les glands. Jeanne alla accomplir ses autres corvées : donner le grain aux poules, porter les lourds seaux de pâtée aux truies et aux cochons à l'engrais. Lefort vint la trouver. Le désir de la voir sans Peyroude ne l'avait pas lâché de l'après-midi. Il s'approcha d'elle, les mains dans les poches, l'estima une fois de plus de la tête aux pieds.

– Mais Jeanne, te voilà bien coquette avec ton tablier bleu !

Elle se trouvait dans la petite pièce encombrée de bois, de paniers, de sacs et de l'énorme chaudière où elle faisait cuire les légumes des porcs.

– On ne m'avait pas dit que tu étais belle ! poursuivit Lefort.

Il fit un pas vers elle, lui caressa la joue.

– Personne ne te fera plus jamais de mal. Je m'en porte garant ! Mais dis-moi : Peyroude a dû bien s'amuser avec toi ?

Il lui souriait, engageant. Jeanne tourna vers lui ses yeux noirs résignés. Son nez se plissa, elle émit un son grave, le bruit d'une porte qui racle un vieux plancher. Lefort insista :

– N'aie pas peur de moi !

Il sortit de la petite pièce, passa aux écuries, puis se rendit à la conciergerie. Peyroude était dans son bureau.

– Voilà, dit-il à l'intendant, je souhaite que Jeanne soit mieux traitée, qu'on lui trouve des tâches moins pénibles.

Le ton de sa voix n'était plus le même. Peyroude savait bien ce que cela signifiait.

– Oui, ajouta Lefort. Cette pauvre fille mérite quelques égards.

Il se tut un instant puis, regardant la nuit de la fenêtre, dit encore :

– Convenez que votre bureau dans la maison que j'occupe n'est pas à sa place. Faudra trouver un autre endroit. D'ailleurs, avez-vous vraiment besoin d'un bureau ?

– Jeanne, regarde-moi. Je suis toujours ici !

L'infirme se dressa. Son instinct aiguisé remplaçait souvent l'ouïe et l'avertissait quand quelqu'un s'approchait d'elle. À genoux près de la large pierre de la mare, elle lavait le linge de Lefort. Antoine lui souriait, elle se dressa, les mains rouges, une goutte lumineuse vivait au bout de chacun de ses doigts. Elle baissa enfin la tête pour ne pas montrer le bonheur qui brillait dans ses yeux.

– Jeanne, tu vois que je ne t'ai pas laissée. On va continuer à lire et à écrire tous les deux, comme avant.

Elle ne sentait pas le froid piquer ses avant-bras nus. Antoine était parti depuis trois jours et elle n'avait cessé d'attendre cet instant. Chaque soir, elle continuait de travailler avec Blaise, mais l'absence d'Antoine obscurcissait son esprit et elle n'arrivait plus à assembler les lettres et les mots aussi bien qu'avant. Elle avait froid, elle tremblait assise sur son lit près de son fils, les pensées tournées vers celui qui occupait tout son être.

– Regarde-moi, poursuivit Antoine. Je viendrai te voir ce soir, dans ta chambre ! Blaise est au courant.

Elle avait compris et souriait, ses grands yeux noirs pleins d'une lumière précieuse.

Il s'éloigna et Jeanne resta un long moment à regarder le sentier par lequel Antoine était parti. Il viendrait donc ce soir ! Il était resté pour elle, pour la voir souvent ! Une boule de bonheur comprimait ses poumons. Lefort, qui au milieu de la cour la regardait, la ramena à la réalité et elle s'agenouilla de nouveau près de la pierre plate.

La maison de Gabriel Masson était divisée en deux parties : à l'ancienne habitation Gabriel avait fait ajouter une aile où logeaient son fils et sa bru et où Antoine dormait, ce qui lui laissait toute liberté de sortir sans déranger personne. Il put ainsi, après avoir mangé la soupe, rejoindre Jeanne dans sa chambre. Quand il entra dans les communs, les chiens de M. Henri se mirent à aboyer, mais personne n'y fit attention, ils hurlaient ainsi à la moindre brindille déplacée.

Jeanne était assise sur son lit et écrivait. À côté d'elle, Blaise surveillait son travail. Quand Antoine entra, le jeune homme se leva et lui serra chaleureusement la main, Jeanne sourit ; un grand frisson parcourait son corps. Elle resta un instant incapable de faire le moindre mouvement, puis Antoine lui parla lentement, avec douceur. Il s'assit ; elle sentait son épaule toucher la sienne et elle avait envie de se blottir contre lui...

Le mois de février fut ensoleillé et froid. Les jours grandissaient et, le soir, les merles chantaient sur les branches nues. C'était le temps des petits travaux. Il fallait nettoyer les prairies, rassembler les feuilles et les branches mortes, tailler des rigoles pour assécher le sol, empierrer les chemins défoncés par les pluies d'automne. Antoine rendait visite à Jeanne presque tous les soirs et Blaise le tenait au courant de ce qui se passait au château. Lefort était strict, exigeant, mais juste. Le nouveau maître occupait désormais le bureau de Peyroude où il passait la plus grande partie de ses après-midi. Il y avait fait installer un poêle qu'Éliane avait pour mission de surveiller.

– Le domaine ne va plus fonctionner comme au temps de M. Henri, précisait Lefort. Nous allons nous orienter vers une production de qualité, le troupeau va être progressivement remplacé par des bêtes de sélection. On va acheter des machines. Le premier tracteur va arriver dans les prochains jours.

Un après-midi, il fit appeler Blaise qui se présenta devant lui, la casquette à la main.

– Je suis très content de ta mère ! dit-il après un silence. Peyroude avait tort de ne pas lui faire confiance. Elle fait son service avec sérieux. Mais, dis-moi, il me semble parfois qu'elle comprend ce qu'on dit !

Blaise eut un mouvement d'orgueil. En rehaussant sa mère, c'était lui-même qu'il rehaussait.

– Elle sait lire sur les lèvres. Elle sait aussi un peu écrire.

– Cela dit, poursuivit Lefort, ta mère ne peut avoir d'autre place qu'ici, mais toi, il me semble que tu perds ton temps !

C'était prendre le jeune garçon par le bon côté.

– Quel est ton avenir à l'Étanchade ? Aucun. Alors je t'ai trouvé une place d'apprenti mécanicien à Treignac.

Blaise inspira, puis, la tête toujours baissée, dit :

– Je ne quitte pas la Jeanne !

L'autre se racla la gorge, ferma son livre de comptes.

– Je te comprends, pourtant, plus tard, tu me seras reconnaissant de t'avoir poussé dehors au bon moment. Le monde ne s'arrête pas à l'Étanchade et tu es encore très jeune ! On m'a dit que tu étais un peu allé à l'école.

– J'ai eu mon certificat d'études à douze ans et l'instituteur voulait que je continue l'école...

– C'est bien ce que je pensais ! poursuivit Lefort en se grattant la moustache du bout de l'index. Tu es trop intelligent pour rester un domestique agricole toute ta vie. Tu vas apprendre un métier : j'ai tout arrangé, tu logeras chez ton patron, au garage d'Aimé Plas. Tu peux partir tout de suite, il t'attend.

Il se tut un instant, mesurant l'effet de ses paroles sur l'adolescent, puis ajouta :

– Bien sûr, tu pourras revenir quand tu voudras !

Jamais Blaise n'avait imaginé partir de l'Étanchade, où il était né. C'était une rupture avec sa vie, avec lui-même, la séparation d'une terre dont il connaissait le moindre repli, tous les terriers et les chemins secrets des sous-bois. Pouvait-il s'adapter à une autre vie, d'autres lieux ? Par tous ses souvenirs, le domaine du château était un peu à lui. Et puis, M. Henri allait revenir !

Dès qu'il fut sorti du bureau, Blaise courut avertir Mme Aline. La jeune femme vivait seule dans l'immense bâtisse : Éliane et Marthe avaient rejoint la ferme et travaillaient à la conciergerie, au service de Lefort. Éliane parlait d'ailleurs de démissionner, car elle avait du mal à se faire aux habitudes du nouveau patron. Aline devait allumer son feu, préparer ses repas et n'occupait que le petit salon du rez-de-chaussée. La jeune femme se laissait aller, négligeait sa coiffure, portait pendant des jours la même robe usée, le même gilet de laine épaisse. Blaise remarqua les cernes noirs sous ses yeux fatigués.

– M. Henri va mieux ! dit-elle. Il ne va pas tarder à rentrer, mais il ne marchera plus jamais.

Elle poussa un long soupir. Blaise comprenait sa détresse et eut honte d'être venu se plaindre.

– Tu sais, dit-elle, M. Lefort a raison, le monde ne s'arrête pas à l'Étanchade et tu vas apprendre un véritable métier.

Blaise ne pouvait soutenir le regard de Mme Aline. Il ne l'avait jamais vue ainsi, proche et faible, d'une troublante féminité qui le mettait mal à l'aise.

– C'est pour la Jeanne que je veux rester. Je veux pas qu'on lui fasse du mal !

– Tu sais, elle souffrira autant ailleurs qu'ici. C'est bien de vouloir rester avec elle, mais il faut aussi que tu penses à toi.

Il quitta Mme Aline plein de contradictions. Il regrettait de ne pas s'être confié plus longuement, mais voulait partir la tête haute même si les larmes lui montaient aux yeux. Il savait que Lefort avait raison de le mettre en apprentissage, la mécanique lui plaisait assez, mais il soupçonnait le patron de chercher à l'éloigner pour faire comme les autres, pour profiter de sa mère.

Il partit de l'Étanchade sans dire au revoir à personne, et fit semblant de ne pas voir Émile qui le regardait de la porte de l'étable. Il tournait la page en marchant droit devant lui. Il se rendit chez Gabriel Masson et trouva Antoine en train de réparer des râteaux endommagés l'été précédent. Blaise lui annonça que Lefort l'envoyait en apprentissage à Treignac.

– C'est très bien, çà ! T'en fais pas, je m'occuperai de la Jeanne. Et puis, c'est pas très loin, tu pourras revenir tous les dimanches !

Blaise regrettait surtout de ne plus pouvoir braconner et se disait que M. Henri à son retour serait privé des lièvres et des truites qu'il aimait tant piéger pour lui. Antoine comprit son regard et insista :

– T'en fais pas pour les autres !

– Mme Aline ne restera pas toute sa vie à l'Étanchade. Elle va s'en aller et laisser le pauvre M. Henri seul, lui qui ne pourra plus marcher. Et moi je serai loin !

– Qu'est-ce que tu dis là ? Qu'est-ce que t'en sais ?

– Je le sais ! La Jeanne s'en occupera, mais la pauvre ne peut pas grand-chose !

– Je te promets que je viendrai souvent au château ! Maintenant va voir ton nouveau patron, et surtout, travaille bien !

Blaise quitta Antoine à regret. La descente vers la rivière l'emportait, il marchait vite, pressé d'effacer de son regard les grands arbres de son enfance, les champs, et ces taillis où il s'était faufilé tant de fois en quête de lièvres ou de bécasses. Il lui semblait partir pour un pays lointain d'où il ne reviendrait jamais. Une fois la Vézère franchie, un soupir gonfla sa poitrine. Le monde venait de basculer, la frontière de l'eau le séparait de son passé. Il entrait dans une nouvelle tranche de vie et se sentait dépouillé de tout, vulnérable. Son attachement à l'Étanchade lui faisait mal. Ses racines profondes étaient plantées dans cette terre, comme s'il en était, lui, fils d'une domestique muette, un élément essentiel.

Il s'éloigna de la Vézère en se disant que Treignac était à moins de trois kilomètres de l'Étanchade, ce qui le rassurait. La peur de l'inconnu était maintenant remplacée par une légère griserie qui lui mit un sourire aux lèvres.

Treignac sortait difficilement de la brume. Blaise se dirigea vers l'hôpital, hésita un instant avant d'entrer. Des religieuses coiffées d'une longue cornette blanche passaient dans le couloir et l'intimidaient. Il redoutait ce lieu de maladie et de souffrance. Il s'arma cependant de courage, entra en regardant autour de lui. Une sœur lui demanda ce qu'il cherchait.

– Je voudrais voir M. Henri... M. Henri Couperade.

Le regard de la femme s'était posé sur la dent manquante de l'adolescent qui ferma la bouche et baissa les yeux. Il tenait sa casquette grise devant lui comme un bouclier, regrettant déjà son audace.

– Vous êtes de la famille ?

Il faillit dire oui, puis se ravisa :

– Non, un domestique.

Elle s'éloigna, laissant le jeune homme dans le couloir en peine de son corps trop grand, de ses jambes lourdes, de ses mains ouvertes sur rien. Il se sentait regardé, épié, observé en détail et serrait les lèvres dans une grimace qui lui ridait le menton. La sœur revint.

– Il vous attend.

Blaise suivit la religieuse qui lui montra le chemin et s'effaça devant une porte ouverte. Une odeur d'éther lui piquait le nez, il en avait l'estomac retourné. Il entendit un froissement de draps et osa enfin lever les yeux. Sur le lit, retenu par de gros coussins, M. Henri dont la tête était bandée sur le côté droit le regardait en souriant.

– Blaise, tu as pensé à venir me voir !

Il semblait heureux de cette visite, M. Henri. Il plia le journal étalé sur le drap devant lui en souriant toujours. Ses yeux s'étaient mouillés d'un peu de lumière blanche.

– Tu vois comme c'est facile de se faire mal ! Le fusil était mal placé, je voulais nettoyer le canon et le coup est parti. On n'est jamais assez prudent !

Blaise savait que M. Henri lui mentait : le châtelain avait tenté de se suicider, mais il valait mieux parler d'accident. Le jeune homme n'osait pas regarder le maître couché, vêtu d'une veste de pyjama qui laissait passer les poils blancs de sa poitrine, comme un paysan au retour des champs.

– Lefort, le nouveau patron, veut acheter des machines ! dit-il enfin. Il a mis Rolandier à la porte et m'envoie en apprentissage au garage Plas...

M. Henri bougea, le journal froissé fit un bruit d'eau qui coule. Il arrangea les coussins derrière ses épaules.

– Il a raison, tu dois apprendre un métier... Et ta mère ?

– Antoine a trouvé une place chez Gabriel Masson. Il vient tous les soirs pour la faire travailler.

M. Henri se tut un instant. Il semblait moins lourd, moins large d'épaules qu'au château ; sur ce lit, il devenait un homme comme les autres. Blaise en était gêné, humilié pour lui.

– Je vais rentrer bientôt. Mais pour quoi faire ? Mes jambes ne fonctionnent plus !

Blaise se balançait d'un pied sur l'autre. M. Henri ajouta :

– Mon grand-père disait : quand une guêpe pique l'âne, une autre s'apprête à piquer celui qui le conduit !

Il n'ajouta rien. Tandis que Blaise s'apprêtait à repartir, il demanda :

– As-tu regardé le cahier que je t'ai donné ?

– Oui...

– Rappelle-toi longtemps tout cela. C'est important pour toi. Tu trouveras dans l'histoire des Couperade des conseils et des avertissements pour ta propre vie !

Blaise se demandait comment ce qui était arrivé aux membres d'une illustre famille pouvait avoir le moindre rapport avec le petit ouvrier qu'il serait. Il pensait à ce Couperade dessaisi de ses biens pendant la Révolution, devenu journalier pour survivre et qui réussit, pendant l'Empire, à reconstituer sa fortune...

Blaise voulut se retirer et salua M. Henri, conscient d'avoir été stupide. Tandis qu'il sortait, M. Henri lui dit :

– Et surtout merci d'être venu me voir ! Tu ne peux pas savoir combien ta visite m'a fait plaisir.

Blaise partit avec un rayon de soleil au cœur. Quelques instants plus tard, il arrivait au garage. André Plas était un petit homme maigre, extrêmement sale. Ses grosses mains noires de cambouis étaient pourtant capables de miracles quand il fallait redonner un peu de force à un moteur usé et dépanner toutes sortes de machines. Il accueillit Blaise avec un sourire qui ridait ses joues piquées de points noirs.

– Je vais t'apprendre le plus beau métier du monde !

Tout de suite Blaise comprit qu'il s'entendrait avec ce patron simple et souriant. Son regret d'avoir quitté l'Étanchade en était moins lourd.

Au château, les machines arrivaient. Le premier tracteur fut livré au début du mois de mars sous les regards curieux et incrédules des paysans voisins. Le marchand déchargea de son camion une charrue qui permettait de faire deux sillons en même temps, un semoir d'engrais, un plantoir à pommes de terre. Le vieil Émile se demandait comment Lefort pourrait amortir autant de dépenses.

Lefort, lui, laissait parler. Il avait entrepris des travaux dans la conciergerie et parlait de faire venir sa femme et ses trois filles à qui il rendait visite une fois par semaine, le dimanche. Il passait le reste du temps à organiser sa ferme moderne qui était devenue le centre des conversations dans tout le pays.

La dispute avec Peyroude couvait depuis longtemps. Lefort multipliait les remarques que l'intendant faisait mine de ne pas entendre. Un soir, le nouveau patron lui demanda de ne plus reparaître au domaine le lendemain. Peyroude se mit en colère, parla des services rendus depuis plus de dix années, de ses exploits de résistant et de la Légion d'honneur qui allait bientôt fleurir sa boutonnière. Lefort lui répondit qu'il n'y avait pas de place chez lui pour un voleur et qu'il pouvait aussi dénoncer les sévices infligés à Jeanne. Peyroude se campa sur ses jambes courtes :

– Pour cela, il faudrait des preuves !

– On trouvera, s'il le faut ! Croyez-moi, vous n'êtes pas encore décoré. À votre place, je changerais d'air et je me ferais oublier !

D'un geste, Lefort lui montra la porte et tout fut dit.

Depuis le départ de Blaise, Jeanne habitait seule dans les communs. Chaque soir ou presque, Antoine la rejoignait dans sa petite chambre, s'asseyait près d'elle et la faisait travailler avec acharnement. Leurs têtes se frôlaient, leurs mains se touchaient et chacun de ces contacts incendiait la poitrine de Jeanne. Un soir, elle eut l'audace de poser sa tête sur l'épaule d'Antoine et ils restèrent ainsi un long moment. Jeanne respirait à peine pour contenir son tumulte.

– Jeanne, tu es ma sœur ! Toi et moi, on est pareils !

Elle souriait ; ses grands yeux noirs se mouillaient. Elle se savait indigne du bonheur qui l'habitait et n'en demandait pas tant : la présence d'Antoine remplissait sa vie, même si elle s'ennuyait beaucoup depuis le départ de Blaise.

Pour lui, elle s'obstinait, s'acharnait chaque soir à déchiffrer des mots nouveaux, s'accrochait à toutes les bouches qui parlaient et, de jour en jour, enrichissait son esprit de tournures nouvelles, d'images neuves qui naissaient spontanément des signes sur le papier. Elle se forgeait ainsi une arme contre ceux qui voudraient la brimer.

Lefort dirigeait son domaine avec fermeté. Depuis le départ de Peyroude, il demandait souvent conseil à

Émile Laguarrigue, car c'était plus un homme de dossiers, de bureau que de terrain. Il avait confié Jeanne à Marthe qui occupait l'infirme à la cuisine ou aux travaux de la basse-cour. Le maître se contentait de la regarder de loin. Sa beauté ne le laissait pas indifférent, mais il ne supportait pas que l'on pût profiter de son infirmité. Homme rigoureux, il appliquait des principes moraux stricts qui exigeaient une certaine générosité. Il avait ainsi apporté des vêtements à Jeanne et insistait pour qu'elle change de tenue une fois par semaine.

– C'est bien la moindre des choses ! disait-il à Marthe qui s'étonnait de tant de bonté.

Il était cependant mal à l'aise auprès de Jeanne. Le silence qui l'entourait la rendait inaccessible et il n'arrivait pas à briser le mur qui se dressait entre elle et lui.

– Jeanne, regarde-moi. Tu comprends ce que je te dis ?

Jeanne fixait les lèvres fines de Lefort et souriait.

– Je te trouve très belle, Jeanne.

L'infirme comprenait le sens de ce compliment et s'éloignait très vite. Lefort ne l'avait jamais violentée comme Peyroude ou d'autres, mais elle ne supportait pas l'idée qu'il pût poser une main sur elle. Désormais, Jeanne savait dire non, sa nature s'était ainsi transformée, la Mule avait acquis une conscience et une sensibilité de femme.

Un soir de la fin mars, une voiture arriva au château et se gara près de l'escalier. Jeanne qui se trouvait au lavoir en contrebas put voir deux hommes vêtus de blouses blanches en descendre et ouvrir en grand les portes arrière. Mme Aline sortit à son tour et regarda le château comme si elle le voyait pour la première fois, d'abord l'escalier et ses hautes marches, puis les deux tours. La détresse de ce regard n'échappa pas à Jeanne. Elle eut un instant l'impression de voir un animal acculé face aux mâchoires qui le menacent. Puis Aline, serrée dans son manteau sombre, monta les marches d'un pas lent qui manquait d'assurance, le pas de quelqu'un qui va contre son gré, et ouvrit la lourde porte en pesant de tout son poids.

Les hommes descendirent alors de la voiture M. Henri sur un fauteuil roulant. Il ne portait plus aucun pansement au visage, sa figure était déformée, comme enfoncée à la tempe droite. La peau avait repoussé, mais pas les cheveux, une peau rougeâtre, trop grande, boursouflée. La partie gauche était restée intacte, ce qui augmentait la monstruosité de cette tête dont Jeanne aimait autrefois les rondeurs. Les infirmiers prirent chacun un côté du fauteuil et le hissèrent au sommet de l'escalier. Les chiens de la meute se mirent à hurler pour saluer l'arrivée de leur maître.

– Il y a une sortie sans marches par la cour intérieure ! dit Aline. C'est un peu plus long, bien sûr...

Jeanne, tout à coup heureuse, souriait en regardant cette porte restée ouverte où les infirmiers avaient poussé M. Henri. Il était enfin revenu ! Jésus avait entendu ses prières : chaque jour, Jeanne lui demandait de hâter la guérison du maître, celui qui l'avait accueillie ici avec sa mère et à qui elle se sentait liée par un lien que rien, pas même leur mort respective, ne pourrait effacer.

Jeanne passa à côté du vieux puits, ce puits qui avait servi longtemps, jusqu'à ce que la source qui l'alimentait tarisse, ne laissant au fond qu'une boue infecte, contourna le bâtiment tout en longueur des communs et traversa la cour intérieure du château. Dans la cuisine où elle entra, un grand désordre régnait. Au temps de Marthe, tout était rangé et la cuisinière à charbon parfaitement propre, mais Aline n'avait pas l'ordre de la vieille servante et les ustensiles sales s'entassaient dans l'évier de pierre, des casseroles envahissaient la table centrale ; une odeur aigre de moisi flottait dans l'air. Jeanne se dit que le dimanche suivant, quand elle serait seule, elle viendrait nettoyer tout cela, pas pour Mme Aline, mais pour M. Henri qui ne devrait pas souffrir de la paresse de sa femme.

Elle suivit le couloir qui conduisait au petit salon, seule pièce chauffée. La porte était entrouverte, Mme Aline sortit et se trouva nez à nez avec Jeanne.

– Toi ? Mais qu'est-ce que tu fais là ?

Jeanne entra. M. Henri était assis sur son fauteuil roulant près de la table. Il avait encore grossi et remplissait le siège métallique de son imposant buste. Quand il vit Jeanne, il eut comme un réflexe de pudeur et tourna la tête de sorte qu'elle ne vît pas sa blessure.

– Toi, Jeanne ! dit-il. Voilà que tu viens me dire bonjour. Comme tu es gentille !

Jeanne et M. Henri souriaient. Ils pensaient tous les deux à cette journée de janvier 1930. La mère de Jeanne était morte depuis six mois. La jeune fille s'occupait de Mme Françoise. Ce jour-là, tandis que sa maîtresse dormait, Jeanne en peine d'affection s'était approchée de M. Henri, comme l'aurait fait un chien pour quêter une caresse...

– Alors Jeanne, as-tu continué à lire et à écrire ?

Elle fit oui de la tête, montrant par là qu'elle comprenait désormais et pouvait à son tour s'exprimer.

Aline arriva, portant sur un plateau une demi-tourte de pain, du fromage et une carafe de vin.

– Voyons, Jeanne, dit la jeune femme, tu vois bien que M. Henri est fatigué ! Je te prie de le laisser tranquille.

En parlant, Aline n'avait pas regardé Jeanne, mais Henri, à qui cette remarque s'adressait indirectement.

– Mais non, elle ne me gêne pas !

L'arrivée d'Aline avait rompu le charme, Jeanne fit demi-tour et s'en alla très vite. Devant la porte, son chat l'attendait. Elle le prit dans ses bras et le serra fort, comme elle le faisait parfois quand il venait passer la nuit avec elle. Grigris lui lécha la joue de sa langue râpeuse puis sauta à terre et disparut derrière la haie.

Blaise venait à l'Étanchade tous les samedis soir et restait jusqu'au lundi matin. Il avait expliqué à sa mère qu'il apprenait la mécanique et Jeanne en fut heureuse.

Les fourrés, les sous-bois de l'Étanchade manquaient trop au jeune homme pendant toute la semaine pour qu'il passe ses soirées dans la chambre de sa mère avec Antoine. Il partait à la tombée de la nuit, et le lendemain, le gibier ne manquait pas dans la cuisine de Marthe. Lefort faisait semblant de ne s'apercevoir de rien et en profitait.

Le retour de M. Henri combla Blaise qui alla lui rendre visite dès son arrivée. Il trouva le châtelain dans son bureau en train de feuilleter un livre.

– Alors, ce métier de mécanicien, ça va bien ?

Blaise haussa les épaules. Il se demandait s'il était fait pour devenir mécanicien. Une partie profonde de son être refusait ce métier même s'il était incapable d'en définir les raisons. De son côté, M. Henri trouvait cela incongru et regrettait son manque d'argent qui le privait de toute initiative.

– L'Étanchade te manque-t-elle ?

Blaise baissa la tête. Il s'ennuyait à Treignac. Les chemins creux, les odeurs, la lumière n'étaient nulle part comme ici.

– Avec Lefort, c'est plus comme avant ! dit Blaise.

À son tour, M. Henri baissait la tête. Il se sentait responsable de cette situation et s'en voulait de son double échec, celui d'avoir perdu son domaine et raté son suicide.

– Je vais lui demander de me laisser ta mère. Sa place est ici, près de moi, comme je l'ai promis à cette pauvre Louise qui est morte dans la cour...

Dès qu'il apprit son retour, Antoine rendit aussi visite à M. Henri qui l'accueillit chaleureusement.

– Vous avez réussi à transformer cette pauvre Jeanne ! C'est vraiment un miracle !

Antoine répondit que tout le mérite revenait à Blaise que l'infirme écoutait mieux que quiconque. Tandis qu'il s'apprêtait à partir, il croisa Mme Aline qui rentrait de la promenade. La jeune femme lui sourit et constata avec une pointe d'amertume dans la voix :

– Vous repartiez ? Donc vous n'étiez pas venu pour moi, mais pour Henri !

– Vous étiez en promenade...

– Personne ne vient pour moi ! ajouta-t-elle. Mais le printemps arrive ! Entre deux nuages sombres et un coup de vent froid, j'aime sentir le soleil nouveau. Tout est si triste ici !

Elle n'avait pas quitté Antoine des yeux. Un soupir souleva sa poitrine.

– Il n'y a rien à espérer, rien !

Antoine s'éloigna avec la conscience de ne pas avoir su trouver les mots qui auraient pu lui redonner un peu d'espoir.

Le dimanche suivant, jour de Pâques, Antoine se rendit enfin à Bar. Henriette l'accueillit avec des reproches.

– Treignac n'est tout de même pas si loin. Vous pourriez vous montrer un peu plus souvent.

– J'ai quitté le château de l'Étanchade ! dit-il. Et puis chez mon nouveau patron...

– Alors, qu'est-ce qui vous retient de revenir ici ?

Antoine expliqua une fois de plus qu'il ne voulait pas être ouvrier dans un village où ses ancêtres avaient été des patrons.

– J'aurais honte de croiser les gens, j'aurais honte de vous parler. Ouvrier ailleurs, ça ne se voit pas, mais ici...

– Qui vous parle d'être ouvrier, tête de mule ! Votre moulin ne se reconstruira jamais parce qu'il n'aura pas assez de grain à moudre et puis on reparle du barrage...

– Le barrage ?

– Oui, on en parlait déjà du temps de votre grand-père. Ça revient de temps en temps. Des ingénieurs sont venus voir... Les vallées de la Corrèze et de la Vimbelle seraient noyées.

– Mais c'est pas possible, ça !

Antoine imaginait ce lac immense engloutissant les ruines qui étaient son seul avoir, ses rêves sous des mètres d'eau, dans la vase, disparues à jamais !

– Non, ils ne peuvent pas faire ça !

Henriette ne put retenir un mouvement d'humeur. Ils marchaient sur le chemin qui conduisait au Gué. Le soleil chauffait agréablement les pentes grises. Elle se planta devant lui, posa ses mains sur les épaules du jeune homme.

– Je n'en peux plus d'attendre ! Et vous n'allez pas passer votre vie à rêver. Il y a mieux à faire.

L'arrivée d'Antoine avait représenté un grand espoir pour Henriette, la fin d'une longue solitude et le retour de la vie. Certes, les jeunes tournaient encore autour d'elle, mais si tous avaient envie de s'amuser avec une veuve de plusieurs années leur aînée, aucun ne pensait à lui passer la bague au doigt. Antoine était plus âgé, et avait grandi loin d'ici. Ses blessures d'enfance avaient besoin d'être pansées, Henriette se savait la force de le faire. Elle éclata :

– Vous croyez qu'on peut vivre seulement avec des souvenirs ? Il faut des projets et les vôtres ne sont plus dans le temps. Pendant votre absence, pendant que vous grandissiez chez les Jésuites et ensuite pendant la guerre, le monde a continué d'avancer et vous voilà avec des idées d'hier.

Antoine n'aimait pas entendre de telles paroles, surtout d'Henriette, car elles le condamnaient. Il avait alors l'impression d'être étranger à tout, comme si sa vie s'était arrêtée cette nuit d'été quand sa mère l'avait emmené loin du moulin du Gué, et qu'il venait de se réveiller à l'instant.

– J'ai tellement pensé à ce moulin que je n'ai aucune autre idée en tête !

– Eh bien, il va falloir en trouver ! Au lieu de rêver à l'impossible, revenez ici. Les occasions ne manquent pas ! Le père Soillac m'a encore parlé de laisser son commerce...

– Vous me voyez acheter et vendre des coupes de bois ?

– Pourquoi pas ? On se fait à tout quand on a besoin de manger !

– C'est une idée ! dit Antoine après un silence, mais ce que lui proposait Henriette ne l'intéressait pas.

Au château, M. Henri découvrait le silence de la défaite. Un de ses amis, chasseur, l'avait débarrassé de ses chiens et leurs aboiements lui manquaient. Les cuisines étaient désertes, et dans la cour l'animation d'autrefois avait disparu. Dans les pièces vides, le pas léger d'Aline avait la force d'un roulement de tambour. Ce pas ne le rassurait pas, il y pressentait un reproche, le refus d'assumer la réalité. Aline ne l'avait pas épousé pour être pauvre. Elle avait rêvé d'une vie facile, de grandes réceptions, pas d'être la gardienne d'un infirme. Depuis son retour, M. Henri remarquait des attitudes qui lui échappaient avant son accident, les regards de sa jeune femme aux fenêtres, aux portes, à toutes les ouvertures. Et ses yeux qui fuyaient constamment, comme pour cacher leur lassitude, et des pensées d'ailleurs. « Elle me reproche de ne pas être mort et elle a raison ! pensait M. Henri. De toute façon, il faudra bien qu'un jour elle apprenne la vérité. »

Aline lui apporta un plateau sur lequel se trouvaient des œufs, un saladier de laitue, une carafe de vin et plusieurs tranches de pain.

– C'est Merlinot, le fermier de Rubat, qui nous a

donné les œufs. Il dit que le nouveau patron, ce M. Lefort, n'est pas aussi bon que vous !

M. Henri constata :

– Voilà qu'on nous fait l'aumône à présent.

Il mangea un œuf, se servit quelques feuilles de salade. Il mastiquait en silence. Aline regardait le ciel de printemps par la fenêtre. Les bruits de la campagne arrivaient jusqu'à eux. Que de belles heures de vie la jeune femme perdait-elle ainsi, au service d'un vieil impotent ruiné !

– Ce soir, dit M. Henri, je pense à Antoine Rolandier et à son acharnement à reconstruire son moulin. Son refus du malheur me réconforte un peu, mais il est jeune et je suis vieux.

Aline inspira et se mordit la lèvre supérieure. Elle avait failli parler, dire ce qu'elle avait sur le cœur. « À quoi bon ? » pensa-t-elle.

– Il a réussi ce que personne ne pensait possible : apprendre à lire à Jeanne, poursuivit M. Henri. Je m'étonne de la facilité avec laquelle une telle chose a été réalisée ! On croyait cette femme plus bête qu'un animal et voilà qu'elle a su montrer un esprit vif et ouvert.

Il était content de cette facilité, comme si elle le touchait directement. Aline était persuadée que cet intérêt pour Jeanne cachait un secret. Peut-être en avait-il profité, comme les autres !

– En effet, fit Aline. Maintenant, elle peut dénoncer ceux qui ont abusé d'elle !

Lefort rendit une visite courtoise à M. Henri. Il se présenta au château, parla un instant du domaine qu'il était en train de moderniser et de sa famille qu'il allait faire venir bientôt. Il souhaita bonne chance à M. Henri, refusa le café qu'Aline lui proposa et s'en alla de son pas raide et déterminé.

Antoine venait retrouver Jeanne presque tous les soirs. L'allongement des jours l'obligeait à prendre quelques précautions pour que personne ne le voie entrer dans les communs et, quand il se cachait derrière le vieux puits, il ressentait un curieux pincement au ventre, comme s'il se rendait à un rendez-vous galant. Gabriel Masson s'était aperçu de ses fugues, mais n'y faisait jamais allusion. Antoine était un bon compagnon de travail en qui il avait confiance et il ne voulait pas risquer de le perdre en lui posant des questions indiscrètes.

Jeanne pouvait désormais se débrouiller seule pour lire ou faire une page d'écriture. Pourtant Antoine n'envisageait pas de ne plus lui rendre visite dans sa chambre. Il s'asseyait près d'elle et il lui parlait. Jeanne regardait bouger ses lèvres, son visage si proche du sien qu'elle sentait son souffle sur sa peau.

– Jeanne, tu es ma sœur ! Je veux toujours te garder près de moi !

Les joues de la femme se coloraient, ses yeux brillaient d'un éclat nouveau. Antoine, qui avait dû se raccrocher à des rêves pour surmonter le désarroi de sa solitude, se sentait lié à Jeanne par les souvenirs qu'elle portait, mais aussi parce qu'elle était isolée des autres, comme il l'était lui aussi, par son enfance sans amour.

– Bientôt, je vais t'emmener au moulin du Gué !

Jeanne lui répondait en écrivant sur une feuille de papier. Ce voyage ne lui plaisait pas, mais elle n'osait pas le dire à Antoine. Elle redoutait toujours les vieux fantômes et savait qu'elle en reviendrait changée.

Souvent, ils se taisaient et restaient ainsi des heures silencieux, l'un près de l'autre, ne formant qu'une même personne, leurs souffles mélangés. Maintenant, Jeanne osait poser sa tête sur l'épaule d'Antoine et ainsi, ils se laissaient aller, hors du temps.

Un soir qu'il n'arrivait pas à dormir, Lefort surprit Antoine en train de sortir des communs. Il reconnut tout de suite sa silhouette et sa démarche balancée. Depuis qu'il travaillait chez Gabriel Masson, les deux hommes échangeaient un bref salut quand ils se croisaient, mais ne se parlaient pas. Lefort regrettait cependant de l'avoir remercié, car Antoine aurait pu avantageusement remplacer Peyroude.

Lefort, en voyant Antoine marcher dans le chemin qui longeait le mur du parc, retint un mouvement de colère. Il se dirigea vers lui avec l'intention de l'interpeller mais il se ravisa, fit demi-tour et rentra à la conciergerie. Il ne pouvait pas tolérer qu'un homme rende visite à Jeanne dans sa chambre. Son handicap la maintenait dans une condition inférieure, en faisait une mineure perpétuelle, et Lefort s'en sentait responsable. Que Jeanne ait un amant, une vie comme les autres femmes, lui semblait une atteinte à la morale la plus élémentaire.

Le lendemain, lorsque Lefort sortit de la conciergerie, Jeanne se rendait à la cuisine. Il l'observa un moment et se demanda s'il devait la réprimander. Il alla à son tour à la cuisine, salua Marthe et se tourna vers Jeanne qui buvait son café, debout, à petites gorgées. Elle portait un tablier foncé un peu grand qui voilait ses formes sous les plis du tissu. Son visage rayonnait d'une joie contenue qui déplut à Lefort. Elle posa sa tasse et sortit. Marthe lui avait confié la basse-cour et Jeanne, qui jusqu'à une date récente avait été incapable de faire quoi que ce soit, pouvait désormais accomplir de nombreuses tâches. Chaque soir, elle prenait le journal que Lefort jetait à la poubelle et l'emportait dans sa chambre.

– Mais tu lis vraiment ? lui demanda Marthe.

Alors Jeanne lui adressa un sourire qui n'était plus celui de la Mule. Ce n'était plus l'expression d'une joie béate, mais un véritable sourire qui éclairait son visage. Dans ses yeux, la pupille noire brillait d'une lumière vivante, celle de son âme.

Lefort savait que ces changements étaient en partie dus au fait que l'infirme comprenait les conversations en suivant le mouvement des lèvres, mais il les attribuait aussi aux visites de Rolandier dans sa chambre : le jeune homme ne se contentait sûrement pas de la faire lire !

Il attendit le soir et se plaça près des communs. La nuit n'était pas très épaisse. Une chouette poussait son cri lugubre ; des chauves-souris volaient entre les bâtiments. Jeanne était dans sa chambre et devait lire car sa fenêtre était éclairée. Lefort patienta ainsi plus d'une heure, mais personne ne vint, il partit se coucher à regret.

Le lendemain, il crut déceler dans le regard de Jeanne une sorte de défi, comme si elle s'était aperçue de sa présence près des communs. Il n'insista pas et le soir suivant, il reprit sa garde. Une petite pluie douce l'obligea à s'abriter dans le hangar de la chaudière. Une forte odeur de pommes de terre cuites et de lait rance lui séchait la gorge, mais il n'eut pas longtemps à attendre. Antoine arriva, le col de sa veste relevé sous son chapeau qui cachait son visage. Alors Lefort sortit de son abri et se planta devant la porte d'entrée des communs.

– Qu'est-ce que tu viens faire ici, Rolandier ?

Antoine, qui marchait la tête baissée pour se protéger de la pluie, n'avait pas vu Lefort sortir du hangar. Il sursauta et reprit vite son aplomb.

– Je viens voir Jeanne.

Lefort alluma sa lampe électrique qu'il braqua sur le visage d'Antoine. Des gouttes pleines de lumière tombaient du rebord de son chapeau.

– Ainsi, tu profites toi aussi de cette pauvre malheureuse !

– Vous n'y êtes pas ! Jeanne, c'est comment vous dire, c'est un peu ma sœur !

– Un peu ta sœur ! Qu'est-ce que tu me racontes là ?

– Elle a vécu au moulin du Gué de Bar au temps de mon grand-père...

– Je m'en fous complètement. Quoi qu'il en soit, tu es ici chez moi, je ne veux plus t'y voir, sinon j'avertis les gendarmes. Maintenant, retourne chez ton patron et vite !

Antoine n'insista pas et fit demi-tour. Jeanne l'attendrait une partie de la nuit, mais elle ne lui en voudrait pas. Le lendemain, il l'aperçut au lavoir et lui fit un petit signe. Jeanne lui répondit et se remit au travail avec une ardeur nouvelle.

Antoine dut attendre le dimanche suivant pour retourner au château. Le domaine se vidait dès le matin : Lefort s'en allait à Uzerche dans sa famille. Marthe venait le matin avant la messe pour s'assurer que Jeanne allait bien et lui laissait la cuisine où elle pouvait, désormais, préparer seule à manger pour elle et son fils. Blaise restait peu à la ferme. Il profitait de ces heures de liberté pour aller pêcher dans la Vézère, pour parcourir les taillis et les fourrés qu'il aimait tant. Vers midi, il rentrait, souvent trempé, mais heureux, s'asseyait à la table de la cuisine.

– Qu'est-ce que tu m'as préparé de bon, la Jeanne ?

La muette souriait. Elle avait tant observé Marthe qu'elle cuisinait assez bien et ses yeux brillaient de bonheur en voyant son fils manger avec appétit. Quand il avait fini, Blaise allumait une cigarette et repartait jusqu'au soir.

Jeanne en voulait à Lefort d'avoir menacé Antoine. Elle se retrouvait seule chaque soir et le silence, ce silence qui l'emprisonnait depuis toujours, devenait un fardeau qui l'écrasait. Alors, elle prenait du papier et écrivait les mots que lui soufflait son désir, puis les déchirait, honteuse de son audace.

Ce dimanche, après le petit déjeuner, Blaise s'en alla à la pêche. Jeanne s'occupa à la cuisine. Elle prenait désormais un réel plaisir à préparer à manger et réussissait de fort bonnes tartes aux pommes qui faisaient l'admiration de Marthe :

– Je peux m'en aller, maintenant. Tu en sais assez pour me remplacer !

La vaisselle rangée, elle sortit dans l'espoir d'apercevoir Antoine et elle resta longtemps tournée vers le chemin qui descendait au hameau.

Enfin, il arriva. Il portait toujours le même chapeau gris et sa canadienne de cuir qui épaississait sa silhouette. Jeanne riait, mais baissait la tête pour ne pas montrer sa joie. Antoine s'approcha d'elle, lui tendit les bras, elle se blottit contre lui.

– Jeanne...

Ils allèrent dans la chambre des communs. Antoine

posa son chapeau et sa canadienne. Jeanne pensait aux mots d'amour qu'elle avait écrits et en rougit. Antoine s'assit à côté d'elle, et Jeanne, n'y tenant plus, se blottit contre lui et demeura ainsi très longtemps, respirant à peine pour concentrer son attention sur ce contact, sur la présence de l'homme qu'elle aimait. Elle eut une pensée pour Jésus, le remercia de ce bonheur, puis pensa qu'il pourrait en être offensé.

– Jeanne, dit Antoine, tu es vraiment ma petite sœur !

Lui aussi était heureux près de Jeanne. Il retrouvait une partie de lui-même que sa mère lui avait volée en fuyant le moulin du Gué. Jeanne et lui étaient la même personne et ils s'ennuyaient loin l'un de l'autre comme des jumeaux que l'on a séparés.

– Quand j'aurai reconstruit le moulin du Gué, tu viendras y habiter avec moi ! répétait-il souvent.

Jeanne comprenait et acquiesçait de la tête. Elle souriait à cet avenir auquel pourtant son habitude du malheur lui interdisait de croire.

Le projet de barrage sur la Corrèze préoccupait Antoine qui se rendit un jour d'avril à Tulle à la direction de l'Équipement pour essayer d'en savoir un peu plus. Il fut reçu par un jeune ingénieur qui se mit à rire.

– Cela fait plus de vingt ans que l'on en parle ! dit-il. Des relevés de terrain ont été faits, on a sondé la roche, qui est friable. La réalisation de l'ouvrage est très coûteuse, c'est ce qui arrête tout le monde. Et puis, la chute n'est pas assez importante alors que sur la Vézère on obtient, par conduites forcées, des chutes de plusieurs centaines de mètres. Enfin, il y a la centrale de Bar qui appartient à la manufacture d'armes et qui serait noyée. Vous comprenez donc qu'il y a fort peu de risque que ce barrage se fasse un jour !

Rassuré, Antoine profitait des longues journées de printemps pour se rendre à Bar, chaque dimanche matin. Blaise l'accompagnait souvent. Il avait expliqué à sa mère :

– On va au moulin du Gué, on veut couper les ronces qui ont poussé partout...

Pendant qu'Antoine et Blaise nettoyaient les ruines du fouillis végétal qui avait poussé, rangeaient les pierres, brûlaient les restes calcinés de charpente, récupéraient les ardoises restées intactes, Jeanne attendait, mais ne s'ennuyait pas. Tout ce travail préparait la reconstruction. Blaise, devant ce tas de pierres couvert de ronces, rêvait à l'histoire des meuniers du Gué de Bar et encourageait Antoine dans son projet. Lui, né de la Mule, ne savait rien de son père, rien de son grand-père et des hommes dont il était issu. Cela le laissait indifférent : il connaissait trop bien les ivrognes qui avaient abusé de l'infirme pour être fier d'une ascendance. Ainsi, le rêve d'Antoine devenait un peu le sien.

Le premier dimanche de mai, Blaise se leva avant le jour, entra dans la petite chambre de sa mère, appuya sur le bouton électrique. Jeanne sursauta, puis, voyant Blaise, ses traits se détendirent, elle sourit.

– Habille-toi ! dit-il en articulant bien. On t'emmène.

Jeanne ouvrait de grands yeux. Elle savait où Blaise l'emmenait et le redoutait.

– Fais vite ! répéta Blaise. Antoine va nous attendre.

Elle s'était levée, avait marché vers Blaise et se tenait debout devant lui. Elle était vêtue d'une espèce de chemise de nuit récupérée dans les vieux effets de Marthe, à la couleur délavée et qui pendait sur ses mollets nus. Ses cheveux tombaient en mèches désordonnées sur ses épaules. Elle aurait voulu prendre le jeune homme dans ses bras, mais s'en savait indigne. La Mule ne méritait pas un fils comme Blaise qui portait sur son visage et dans ses gestes tant de ressemblances avec celui qui l'avait engendré, mais ces évidences échappaient à tout le monde.

Elle émit un de ces sons graves qui se formaient parfois dans sa gorge quand elle était anxieuse. Ses yeux roulaient dans leur orbite, ses lèvres se tordaient, elle avait peur.

– T'en fais pas, dit Blaise. Ça se passera bien.

Elle se dirigea vers ses habits posés sur une vieille chaise. Quand elle fut prête, Blaise éteignit la lumière et lui prit le bras. Elle se laissa guider dans l'ombre jusqu'au bosquet qui se trouvait en dessous des communs, puis dans le sentier qui conduisait à la Vézère. Le jour blanchissait le ciel. Jeanne apercevait les taches claires de l'eau qui se brisaient en morceaux de verre. Elle marchait en retenant ses pas; la nuit l'avait toujours terrorisée. Le silence, dans la lumière du jour, était compensé par sa vue d'une grande finesse, mais à cette heure, elle perdait tout repère et la menace des ombres l'écrasait.

Ils s'arrêtèrent près de la rivière, en dessous du hameau. La maison de Gabriel Masson se découpait, masse sombre sous un ciel que l'aube blanchissait. Jeanne ne pouvait contenir les tremblements d'une peur irraisonnée.

– On va attendre ici ! dit Blaise.

Le jour s'était levé, clair sur les collines tandis que la vallée était encore dans le noir. Des chiens aboyaient au loin. Blaise enfonça les mains dans ses poches. Jeanne grelottait. Le soleil sortit enfin de l'horizon et ses rayons doux les réchauffèrent un peu. Blaise se demandait ce que faisait Antoine qui aurait dû être là depuis longtemps. Enfin, il entendit le bruit d'une voiture.

– Le voilà ! fit Blaise en souriant.

La voiture s'arrêta à leur hauteur. Jeanne vit alors Antoine en sortir, lui sourire. Un flot de bonheur la submergeait, tellement fort qu'elle ne sentait plus le sol sous ses pieds, qu'elle aurait voulu mourir à l'instant.

– J'ai failli pas la démarrer ! expliqua Antoine à Blaise en désignant la voiture. Elle n'avait pas tourné depuis le départ du fils !

Il se dressa devant Jeanne qui le regardait de ses grands yeux noirs pleins de la lumière du matin.

– Jeanne, c'est enfin le grand jour !

Jeanne souriait toujours.

– On y va ! dit-il.

Il avait le sentiment de contrarier le mauvais sort, d'avoir vaincu l'adversité. Blaise ouvrit la portière arrière et fit signe à sa mère de s'asseoir sur la banquette. Elle hésita, regarda tour à tour son fils, puis Antoine : elle n'était jamais montée en voiture et redoutait cette machine noire.

– Dépêche-toi ! On va se promener !

Elle regardait Blaise avec anxiété.

– Tu risques rien, je te dis.

Elle avait tellement peur qu'Antoine la laisse là qu'elle obéit, toute tremblante. Blaise s'assit devant, à côté d'Antoine, et la voiture se mit à rouler. Jeanne s'agrippait à la poignée de la portière et retenait sa respiration. Dans les tournants, elle sentait son corps emporté par une force curieuse, comme une main qui la poussait. Au bout de quelques minutes, elle se rassura un peu et put alors regarder le paysage, les maisons, la campagne qui semblaient tourner autour de la voiture. Il y avait tant de choses à voir, tant de routes nouvelles, l'Étanchade se trouvait si loin que Jeanne eut le sentiment qu'elle n'y reviendrait jamais, c'était peut-être ce qu'elle souhaitait.

À Bar, le véhicule s'arrêta sur la place, en face du bistrot. Blaise fit sortir Jeanne qui regarda autour d'elle d'une étrange manière, d'abord l'église avec son clocher haut et sec, puis la place, les maisons, l'ancien cimetière et enfin le bistrot. Elle n'osait bouger, comme si ce décor ressemblait à une image ancienne gardée dans sa mémoire. Elle inspira, se tourna vers Antoine.

– Alors, Jeanne, tu reconnais le village de ton enfance ?

Jeanne regardait le gros bâtiment carré de la mairie et de l'école, la cour de récréation derrière son muret, le préau. Des brimades lui revenaient à l'esprit, mais sa vie avait été faite de brimades et celles-là n'étaient pas les pires. Leur ancienneté leur conférait une innocence qui la réconfortait. Il lui semblait renaître, car ces maisons étaient associées au souvenir de sa mère et de Paul Rolandier. Elle pensa tout à coup qu'ils allaient surgir devant elle.

– Viens, je vais te montrer quelque chose !

Jeanne emboîta le pas d'Antoine dans le chemin qui menait à la rivière et dont elle n'avait pas perdu le souvenir. Blaise suivait. Au village, les rideaux avaient bougé derrière les fenêtres, mais personne n'était sorti. Le forgeron s'était contenté de hausser les épaules et s'était remis à marteler le fer rouge. Henriette observa Jeanne et reconnut dans la femme la petite sourde-muette d'autrefois. Elle la trouva belle et en voulut à Antoine.

À mesure qu'ils approchaient de la rivière, Jeanne marchait avec moins d'assurance. Ses pieds butaient contre les pierres. Elle regardait autour d'elle, apeurée, comme si elle redoutait l'arrivée soudaine de quelque fantôme. Enfin, après le dernier tournant, à l'endroit où le chemin de terre débouchait sur les ruines du moulin du Gué, elle s'arrêta net, chancela et s'appuya contre Blaise, incapable d'aller plus loin. Elle regardait ce champ de pierres calcinées, la grange épargnée par les flammes, mais qui avait perdu un pan de son toit, le petit four plus bas, couvert de tuiles rouges, identique à son souvenir. Des images terribles défilaient dans sa mémoire. Depuis l'incendie, elle revenait pour la première fois sur ce lieu et cela lui semblait étrange avec son fils près d'elle et Antoine qui ressemblait tant à Paul.

Antoine s'approcha d'elle, se plaça en face et lui dit :

– Calme-toi, Jeanne. Je vais reconstruire le moulin qui est ton moulin autant que le mien, mais j'ai besoin de toi.

Jeanne le regardait avec curiosité.

– Pour le reconstruire, il faut que je retrouve l'or de mon grand-père, de Paul. Toi seule sais où se trouve cet or, puisqu'il ne se cachait pas devant toi.

Jeanne ouvrit la bouche, leva les yeux au ciel puis, après avoir réfléchi, secoua la tête en signe de négation.

– Voyons, dit Antoine, tu le sais, j'en suis certain. Tu ne quittais pas mon grand-père d'une semelle. Ce n'est pas possible que tu ne le saches pas !

Jeanne n'osait plus lever les yeux sur Antoine. Un vide se creusait en elle, si grand que tous ses souvenirs s'y engloutissaient. Ainsi, Antoine avait fait tant d'efforts auprès d'elle pour son seul intérêt ! Ainsi, il lui avait appris des mots, leur sens et la manière de les assembler, de les écrire, il avait eu toute cette patience pour qu'elle lui indique la cachette de l'or ! Il avait passé tant de soirées près d'elle seulement pour l'apprivoiser, comme il l'aurait fait d'un animal sauvage ! Tout n'était donc que calcul, volonté égoïste ! Cette fois Jeanne échappait définitivement au monde des humains. Elle n'était qu'une chose, une mémoire, quelques mots à inscrire sur une feuille blanche. Pour le reste, qu'elle redevienne la Mule, personne n'avait besoin d'elle, et personne ne pensait à elle avec cette chaleur dans la poitrine qu'elle ressentait près d'Antoine ! Les larmes se mirent à rouler sur ses joues. Elle avait eu le tort de croire, une seule fois, qu'un homme ne la brutalisait pas parce qu'il éprouvait un peu de tendresse pour elle, très peu certes, elle en méritait moins qu'un chien, mais un peu quand même. Et cet homme ne pensait qu'à lui, il trichait pour obtenir d'elle ce qu'elle n'avait jamais pu révéler à personne. Jeanne regrettait maintenant d'être entrée dans son jeu. Une force violente montait en elle, besoin de casser, de briser, de frapper. Elle repoussa Blaise et courut dans le chemin qui remontait vers le village. Blaise eut tôt fait de la rattraper et la ramena comme il le faisait à l'Étanchade quand l'infirme allait pleurer sous le chêne des bergères. Ses cheveux volaient autour de sa figure, se collaient à ses joues mouillées. Antoine voulut intervenir de nouveau.

– Voyons, Jeanne, c'est aussi pour toi ! Cet or sera autant à toi qu'à moi ! Tu n'as pas envie de voir le moulin reconstruit exactement comme il était ? Et puis tu viendras habiter ici !

Venir habiter ici ! Était-ce possible, avec ces souvenirs qui tournaient dans sa mémoire, qui la hantaient chaque jour, ces flammes méchantes comme des bêtes féroces qui avaient brûlé ses cheveux et dévoré le vieux meunier ? Habiter avec des cadavres ! Antoine poussait son désir jusqu'à l'absurde : il promettait l'enfer en le parant des couleurs du paradis. Il avait agi sournoisement, l'avait bercée de belles paroles pour mieux la tuer. Non, elle préférait redevenir la Mule, une bête de somme pour le travail et le plaisir rapide.

– Dis, Jeanne, mon grand-père, le vieux Paul que tu aimais, serait content qu'on reconstruise le moulin. Il serait surtout content de savoir que c'est toi qui as permis cette reconstruction. Allez, dis-moi !

Il lui tendit une feuille de papier et un crayon dans cet exercice qu'ils avaient tant pratiqué tous les deux, lui parlant, elle répondant par un ou deux mots. Jeanne prit le crayon, ses doigts tremblaient. Elle traça en lettres rondes qui avaient pris de l'assurance : « Non. »

Antoine sentait monter la colère en lui. Il était certain que Jeanne mentait, une certitude qui n'avait d'autre raison que son envie de tant d'années. Pour ce refus qu'il n'avait pas imaginé un instant, il laissa éclater son impatience :

– Jeanne, je te supplie de me rendre ce qui m'appartient.

Elle écrivit de nouveau : « Non. » Antoine comprit qu'il n'en tirerait rien.

– Peut-être qu'on s'y est mal pris ! dit Blaise qui ne supportait pas de voir pleurer sa mère. On aurait dû lui parler autrement !

Le retour fut silencieux. Antoine conduisait vite et brutalement. Après tant d'attente et d'espoir, il se retrouvait au point de départ. Maintenant, Blaise lui en voulait de sa colère muette qui condamnait aussi le jeune homme, et le plaçait hors d'un projet qu'il avait fait sien. Tout à coup, Antoine explosa :

– Et toi, tu fais rien ! Tu attends au lieu de m'aider à la convaincre. Je suis sûr qu'elle sait !

Blaise haussa les épaules sans répondre. Antoine comprit qu'il s'était emporté un peu vite et le regretta, mais il ne savait comment le formuler devant Blaise qui regardait les arbres défiler sur le bord de la route.

– Elle sait ! J'en suis sûr ! dit encore Antoine.

– Je la ferai parler ! reprit Blaise. Il faut de la patience, c'est tout !

Antoine ne desserra plus les dents jusqu'à l'arrivée. Il s'arrêta au bas du hameau, à l'endroit où il avait pris Blaise et sa mère le matin, et partit sans les saluer. Blaise conduisit Jeanne jusqu'au château. Elle pleurait, le corps parcouru de tremblements.

– Arrête ! fit Blaise sur un ton sec qui montrait son exaspération.

L'infirme sanglotait avec des bruits de gorge. Elle pensait à Jésus et demandait de lui donner la force d'affronter la solitude qu'Antoine avait creusée en elle avec ses mots, son or, sa colère...

Jeanne regagna sa chambre et demeura longtemps assise sur son lit, la tête enfouie dans ses bras. Mazounie, le chauffeur qui venait parfois travailler le dimanche, partait sur son tracteur ; c'était un curieux solitaire qui ne semblait heureux qu'au volant de sa machine. Jeanne s'essuya enfin le visage et, les yeux rouges, sortit. Aline emmenait M. Henri à la promenade et poussait le fauteuil roulant. Pauvre M. Henri ! Que lui restait-il ? Aline allait le quitter, c'était certain. Jeanne en apprenant à lire n'avait pas perdu son instinct animal qui lui permettait de voir ce qui échappait aux autres et elle percevait bien les minuscules mouvements des lèvres et des yeux de la jeune femme qui en disaient long sur son agacement quand M. Henri réclamait quelque chose. Ses regards au loin indiquaient son ennui, son attente d'une autre vie. Jeanne la haïssait plus que jamais.

Aline prit la direction du bas du parc. L'allée avait été goudronnée avant la guerre et malgré quelques trous dus au gel, le fauteuil y roulait facilement. Jeanne regarda un moment M. Henri, tassé sur son siège, vieillard avant l'heure, plus seul qu'elle, plus dépendant encore. Elle retrouva un peu de calme :

M. Henri n'avait jamais agi envers elle par le moindre intérêt. Ce qui s'était passé, ce jour de janvier 1930, ne pouvait se raconter avec les mots qu'elle avait appris. Elle en gardait un souvenir lumineux qui lui avait réchauffé le cœur dans les pires moments de sa vie et l'accompagnerait dans sa nouvelle solitude...

Elle se rendit au hangar où se trouvait la grosse chaudière qui servait à cuire les légumes des porcs et des oies. Elle prit deux paniers et alla chercher des pommes de terre dans la remise. C'était une manière de s'occuper, tant le silence des grands bâtiments vides, ce dimanche après-midi, lui pesait.

Ensuite, elle passa dans la cuisine, mais n'eut pas la force de se préparer à manger. Blaise ne reviendrait pas avant ce soir, elle se contenta d'un quignon de pain et retourna dans sa chambre. Un profond dégoût lui brûlait la poitrine depuis ce matin, depuis ce maudit voyage au moulin du Gué. Le dernier espoir auquel elle s'accrochait venait de s'écrouler. Elle ne pouvait imaginer la vie sans Antoine et éprouvait le besoin de l'écrire, de mettre sur le papier ce qui lui faisait si mal, comme pour se délester d'un fardeau trop lourd. Elle voulait aussi écrire au curé dont elle connaissait la longue silhouette noire pour lui demander de parler à Dieu, non d'elle, l'enfer ne lui faisait pas peur, mais de ceux qui lui avaient été chers, sa mère d'abord, puis Paul, M. Henri et Blaise, unis dans sa pensée parce qu'ils se ressemblaient d'une manière qui échappait à tous, mais qu'elle distinguait parfaitement.

Le lendemain était jour de foire à Treignac. Cette manifestation avait acquis une grande réputation qui allait bien au-delà des limites du canton. On venait d'Eymoutiers, de Tulle, de Brive, de Limoges et même de Périgueux pour acheter ou vendre les génisses de pure race limousine que l'on élevait dans les grandes fermes pour la reproduction. On trouvait là des animaux issus des meilleurs élevages et les rues du village étaient encombrées de camions, de charrettes et de marchands pressés qui parlaient fort avec de grands gestes. Les auberges refusaient des gens qui devaient dormir dans leur véhicule ou sur le foirail avec leurs bêtes. Cela n'avait pas d'importance : tous voulaient être présents au coup de sifflet du garde champêtre qui déclarerait la foire ouverte, pour ne pas rater la bonne affaire repérée souvent la veille au soir.

Antoine et Gaby s'activaient au milieu des animaux affolés. Gaby vendait une superbe génisse un peu vive, qui refusait de se laisser attacher.

Marchands et vendeurs se livraient à des discussions qui n'en finissaient pas, chipotaient pour quelques centimes, préféraient l'enfer plutôt que de céder. C'était l'usage et il ne fallait pas trop se presser tout en évitant de rater la bonne occasion. Vers dix heures, la plupart des animaux étaient cependant vendus, ceux qui restaient trouveraient difficilement acquéreurs, soit que le propriétaire en demandât un prix trop élevé, soit qu'ils eussent quelques défauts qui les condamnaient à un marché moins prestigieux. Le foirail se vidait d'un coup et les bistrots se remplissaient : c'était l'heure du casse-croûte. Les paysans se tassaient dans des pièces trop petites. La fumée bleuissait l'air et les bouteilles de vin se vidaient. Le bruit était infernal.

C'était aussi l'affluence dans le garage d'André Plas. Les gens profitaient de l'occasion pour apporter leurs machines en panne, car André réparait tout, les bicyclettes dont la chaîne sautait du pédalier, les écrémeuses, les motos, les voitures, les camions et les premiers tracteurs. Blaise l'assistait de son mieux et se débrouillait assez bien.

Raymond Lefort se présenta et demanda à André Plas s'il pouvait venir l'aider à démarrer sa voiture. Le mécanicien, qui ne savait où donner de la tête, dit à Blaise d'y aller. C'était ce qu'attendait le patron de l'Étanchade.

Le garçon prit quelques clefs, écouta les derniers conseils de Plas qui lui recommanda de vérifier en premier lieu la batterie, ensuite le carburateur, et emboîta le pas à Lefort. La démarche raide de l'homme, son visage osseux et son regard fixe lui en imposaient et l'adolescent se sentait comme inférieur, incapable d'avoir une idée à lui.

– Ça tombe bien ! dit Lefort quand ils se furent éloignés du garage, c'est toi que je voulais voir. T'en fais pas, ma voiture démarre bien.

Lefort lui souriait sous sa moustache avec un air engageant, ce qui n'était pas dans ses habitudes.

– Il faut qu'on parle tous les deux. L'Étanchade va devenir un domaine à la pointe du progrès et s'agrandir. Pour un jeune comme toi, il y a une occasion à ne pas manquer !

Ils firent quelques pas sur la route, au milieu des groupes pressés de trouver une place au bistrot. Lefort prit le jeune homme par l'épaule et ajouta :

– Viens donc boire un verre avec moi. Je te dis, il faut qu'on parle.

Blaise n'osa pas refuser. La manière dont Lefort s'était adressé à lui n'était pas habituelle et il en était flatté. Ils entrèrent dans le bistrot à côté de la forge, se faufilèrent dans la cohue jusqu'au comptoir et Lefort commanda deux verres de « supérieur ». Quand ils furent servis, Lefort sortit son étui à cigarettes.

– Prends-en une. C'est du tabac de Bergerac. Ça passe tout seul !

Blaise prit la cigarette, la porta à ses lèvres et tendit la pointe à la flamme du briquet. Il remarqua les mains fines et blanches de Lefort, des mains de maître. Il se sentait tout à coup très important avec la cigarette au bout des doigts. Lui, le Berche, l'apprenti mécanicien, buvait et fumait en compagnie d'un homme riche et il en tirait une grande fierté.

– Voilà, poursuivit Lefort, je veux que tu reviennes à l'Étanchade.

Blaise n'en crut pas ses oreilles. Revenir à l'Étanchade, lui que Lefort avait mis en apprentissage ! Il avait beau apprécier André Plas, son désir le plus cher était de retourner dans le domaine où il était né et où se rattachaient tous ses souvenirs. Il s'ennuyait surtout de sa mère et de M. Henri.

– La ferme va s'agrandir, répéta Lefort. Maintenant, tu sais assez de mécanique pour que je te propose quelque chose d'intéressant. Il me faut un jeune comme toi pour s'occuper des machines, conduire le tracteur et faire les réparations...

Blaise porta timidement le verre à ses lèvres. Il but une petite gorgée car il n'osait pas se laisser aller devant Lefort. La tête lui tournait : ce qu'il entendait lui faisait un bien infini ; il se voyait, lui, le fils de la Mule, fier sur son tracteur : c'était autre chose que de passer ses journées dans l'atelier sombre d'André Plas, les mains dans le cambouis !

– Alors, qu'est-ce que tu me réponds ?

Il ne répondait rien. Le bruit l'emportait hors de ces murs, les gens qui s'entassaient autour de lui tournaient en une ronde floue.

– Il faut que tu me répondes tout de suite ! le pressa Lefort. Moi, j'ai pas le temps d'attendre. Si tu refuses, il faudra que je trouve quelqu'un d'autre au plus vite.

Jamais Blaise ne laisserait passer une telle occasion. Il inspira, et dit :

– C'est d'accord, je viens !

– À la bonne heure ! Écoute, il ne faut pas perdre de temps. Je t'attends ce soir. Va chercher tes affaires et arrive !

Lefort vida son verre et sortit, suivi de Blaise qui avait oublié de boire le sien.

– À ce soir, répéta Lefort en s'éloignant.

Blaise se retrouva seul dans la cohue, avec cette incroyable nouvelle qui le rendait léger : Lefort avait besoin de lui et rien ni personne ne l'empêcherait de retourner à l'Étanchade. C'était un véritable métier que Lefort lui proposait, pas une place de petit domestique voué aux tâches les plus ingrates !

André Plas prit mal la chose, mais n'insista pas. Les apprentis ne manquaient pas et, même s'il s'était attaché à Blaise, il pourrait vite le remplacer.

En arrivant à l'Étanchade, Blaise passa saluer Antoine et lui annonça son retour au château.

– C'est bien ! dit Antoine. Si tu es content, c'est le principal !

Depuis que Jeanne avait refusé de lui indiquer où se trouvait l'or du moulin du Gué, il n'avait pas rendu visite à l'infirme et s'était renfermé sur lui-même. Blaise le comprit.

– Je serai avec elle tous les jours. Je te promets de lui faire écrire ce qu'elle sait ! À moi, elle ne peut rien refuser !

Antoine ne voulait plus en entendre parler. Il avait surtout mauvaise conscience. Jeanne l'avait mis en face de lui-même et de son acte d'égoïsme total, qui lui pesait.

– Je suis un salaud ! se disait-il. Je ne lui ai pas appris à écrire pour elle, mais pour moi, pour mon intérêt.

Au château, Lefort accueillit Blaise avec un sourire forcé qui ressemblait à un grincement de dents. Son menton tremblait.

– Tu peux reprendre ta place dans ta chambre. C'est provisoire, bien sûr. Dans quelque temps, on trouvera à te loger mieux que ça !

Jeanne était à la corvée de lessive. Elle lui sourit, son visage s'éclaira, la peau de son front semblait plus claire, même si son regard conservait une expression d'abattement intense.

– Je reviens, la Jeanne ! dit Blaise. Pour conduire le tracteur et faire la mécanique...

Il était fier. Jeanne avait compris et souriait toujours, malgré le doute qui s'installait en elle.

Mazounie arriva du champ sur son tracteur rouge. Lefort le fit appeler et lui expliqua qu'un deuxième tracteur allait être livré. Il lui présenta Blaise et expliqua :

– Blaise est resté quelques mois en apprentissage chez Plas. Il connaît assez la mécanique pour faire toutes les réparations et il conduira le deuxième tracteur !

Quand Mazounie se fut éloigné, Lefort entraîna Blaise à l'écart.

– Il y a autre chose dont il faut que je te parle, même si ça m'ennuie. C'est à propos de ta mère. Je sais que M. Henri s'était engagé à la garder toujours ici, mais c'était au temps où elle était malheureuse au point de ne rien savoir faire...

Il fit quelques pas, posa sa main droite sur l'épaule de Blaise.

– Maintenant, elle cuisine aussi bien que Marthe, elle peut se débrouiller seule. Ici, elle n'a plus sa place...

Un gros soupir souleva les épaules étroites de Blaise. Lefort ne voulait-il pas éloigner Jeanne d'Antoine ?

– La Jeanne ne peut rester qu'ici ! dit-il très vite.

– Tu te trompes, Blaise, et ce n'est pas lui rendre service que de la garder ici comme au temps où elle était la Mule. C'est dans son intérêt que je te parle. Je connais le directeur de l'hôpital de Tulle. Il la prendra aux cuisines...

Blaise soupira de nouveau. Lefort était si près de lui qu'il n'arrivait pas à formuler la moindre pensée.

– Tu comprends, elle sortirait d'ici où elle sera toujours une pauvre fille. Elle pourrait aussi trouver un homme comme elle et se marier, enfin faire comme tout le monde !

Sa mère se marier ! Blaise n'avait jamais envisagé une telle éventualité, qu'il refusait.

– Je sais pas ! dit-il. Faut voir...

Antoine avait été pris à son propre jeu. Pourtant, au bout de quelques jours, le sentiment d'avoir été ignoble s'effaçait devant un raisonnement plus favorable à sa conscience : grâce à lui, Jeanne n'était plus la Mule, mais une femme presque comme les autres. L'espoir renaissait. Alors que le printemps cédait la place à l'été, il se disait que la muette finirait par comprendre, car elle avait bon cœur, et surtout, il savait que Blaise pouvait faire des miracles.

Il lui rendit visite un dimanche après-midi. Jeanne, qui ne l'attendait plus, était montée faire le ménage au château et redescendait vers les communs. Sans M. Henri, elle aurait probablement envisagé de partir travailler à l'hôpital de Tulle, comme le lui avait proposé Lefort afin de mettre une bonne distance entre Antoine et elle. S'il avait voulu la revoir, il aurait su où la trouver et Jeanne avait envie de sortir de sa condition de Mule qu'elle conservait malgré tout à l'Étanchade.

Quand elle vit Antoine, en chemisette, la tête nue malgré le soleil, Jeanne oublia aussitôt son ressentiment. Il lui sourit; elle se sentit tout à coup légère et courut vers le jeune homme et se jeta dans ses bras.

– Jeanne, je te demande pardon pour l'autre jour !

Elle avait compris et souriait en montrant ses dents blanches et régulières. Ils allèrent dans sa chambre. Elle montra à Antoine ses pages d'écriture, et le livre – un vrai livre, avec une écriture en minuscules caractères – qu'elle lisait.

– Jeanne, poursuivit Antoine, toi et moi sommes du moulin du Gué, qu'il faut reconstruire. Tu comprends pourquoi je t'ai demandé la cachette de l'or ?

Elle faisait oui de la tête, mais une pointe d'anxiété marqua son regard : Antoine était-il revenu pour elle ou pour tenter une nouvelle fois de lui arracher son secret ? Elle prit son crayon et écrivit sur la feuille de papier qui était toujours à portée de sa main : « Je sais pas où est l'or. » Puis, pour éviter qu'Antoine ne se braque de nouveau, elle ajouta : « Il faut que je cherche. »

– On a tout notre temps, petite sœur ! dit Antoine.

Il la quitta avant la nuit. Jeanne radieuse partit aussitôt à la cuisine préparer le souper de Blaise. Elle se sentait légère et respirait à pleins poumons l'air chargé d'odeurs.

L'année était en avance. À la fin mai, l'herbe était haute dans les prés proches de la Vézère. Gaby Masson décida de commencer à faucher. Il possédait une machine tirée par des bœufs dont le moteur était terriblement capricieux. Une journée entière fut nécessaire pour le nettoyer et il fallut appeler Blaise pour réussir à le mettre en marche. De loin, Louise Masson, qui regardait Antoine et Gaby s'affairer, priait le ciel qu'Antoine reste encore longtemps chez eux, même si elle n'y croyait pas. « Enfin, pensait-elle en retroussant les manches de son tablier car il faisait chaud, ce sera toujours ça de pris ! »

Antoine n'avait pas caché à Gaby son intention de reconstruire le moulin du Gué. Il lui avait parlé aussi de cet or qui dormait sous les ruines. Gaby clignait des yeux.

– Cette pauvre fille, dit-il en parlant de Jeanne, m'a toujours fait pitié. Si tu dis qu'elle a appris à lire, c'est tant mieux !

Antoine n'était pas retourné une seule fois à Bar. Une lettre d'Henriette le décida. La jeune femme lui annonçait ce qu'il savait déjà : le projet de barrage était abandonné une fois de plus. Le dimanche suivant, c'était la fête à Vimbelle, et elle serait heureuse qu'il accepte de venir manger au bistrot qui serait vide ce jour-là. « C'est une occasion unique dans l'année, précisait la jeune veuve, je serai libre et nous pourrons aller à la fête. »

Antoine hésita longtemps : il allait voir beaucoup de gens qui connaissaient sa famille et il n'en avait pas envie. Louise Masson, qui n'était pas une femme de manières, s'emporta :

– Et alors ? Vous n'êtes pas obligé de parler à tout le monde ! Et puis, cette jeune femme qui vous écrit, pourquoi à votre avis ? Il faut savoir lire entre les lignes !

Il partit donc sur sa moto en pensant à la déception de Jeanne qui allait l'attendre toute la journée. Il eut envie de passer chercher Blaise pour ne pas être seul, puis se dit qu'Henriette en serait contrariée. Le temps était lourd ; l'orage éclaterait sûrement avant la nuit. L'air sentait le foin sec et le fruit amer.

Henriette fut heureuse. Jusqu'au dernier moment elle avait douté, car elle commençait à connaître

Antoine et ses réactions de repli. Après la fin de la messe, sa mère ferma le bistrot comme chaque année à cette date et se rendit à Naves chez son frère. Antoine et Henriette mangèrent en tête à tête dans une grande salle vide qui résonnait comme une église. Henriette parlait beaucoup, se déplaçait souvent à la cuisine. Antoine restait sombre. Il pensait à son voyage quelques semaines plus tôt avec la voiture de Gaby ; il revoyait Jeanne en face de l'église, tournant autour d'elle, un regard qui retrouvait des souvenirs d'enfance. Au bout d'un long moment, Henriette finit par exploser :

– Qu'est-ce qui vous tracasse, encore ? Votre moulin ? Mais vous ne pouvez pas un seul instant penser à autre chose !

– Ce qui me tracasse, c'est que je comptais sur l'argent de mon grand-père pour le reconstruire ! Et puis voilà, Jeanne m'a dit ne pas savoir où il est caché !

Alors Henriette se leva de sa chaise et, marchant vers la fenêtre, s'écria :

– Vous êtes comme tous les hommes, vous ne pensez qu'à vous ! Vous l'avez trompée, c'est pour ça qu'elle ne veut pas vous parler !

Il baissa les yeux sur son assiette.

– En quoi je l'aurais trompée ?

– Vous lui avez montré sa misère, sa différence ! Car elle a cru à votre jeu. Elle vous aime, cela se voit au premier coup d'œil !

– Moi aussi, je l'aime, comme si elle était ma petite sœur !

– Mais elle ne vous aime pas comme un frère, elle vous aime comme une femme aime un homme !

Antoine fut interloqué : il n'avait jamais pensé à cela.

– Voyons, c'est une sourde-muette !

– Et vous croyez que ça lui enlève le cœur ?

– C'est une infirme ! On ne peut pas aimer une infirme qui n'est pas comme tout le monde !

Antoine n'avait jamais considéré Jeanne comme une femme ordinaire. Ce n'était certes pas un animal, mais un être humain inférieur à qui il manquait l'essentiel pour ressembler aux autres. Et de savoir lire et écrire ne suffisait pas à en faire son égale.

– En lui apprenant à communiquer avec les autres, vous lui avez appris la révolte alors que jusque-là elle ne savait qu'obéir !

Quand le repas fut terminé, Henriette lui demanda s'il souhaitait aller à la fête à Vimbelle.

– Le bruit, la musique, les gens qui se bousculent aux stands des loteries, tout ça m'agace ! répondit Antoine. Nous serons mieux au bord de la rivière.

Henriette était de cet avis. Ils traversèrent la place du village déserte et s'en allèrent dans le chemin qui descendait à la Corrèze. De Vimbelle, qui se trouvait à moins de deux kilomètres, venaient les relents d'accordéon et des voix amplifiées par les haut-parleurs.

– Il faudrait élargir ce chemin, en faire une route pour descendre avec des camions. Vous dites qu'il n'y a plus assez de blé pour un grand moulin, on le fera venir d'ailleurs, parce qu'il faudra toujours de la farine et celle du moulin du Gué sera célèbre dans tout le pays ! Mais voilà...

Il se tut devant l'irréalisme de son rêve. Henriette glissa sa main dans la sienne. Le contact chaud de cette peau de femme hérissa quelques épines dans le cœur d'Antoine.

– En effet, dit-elle, il faut de l'argent. Peut-être pouvez-vous le trouver ! Mais le plus grand moulin du monde ne suffit pas au bonheur d'un homme.

Elle serra sa main. Antoine n'était pas à l'aise. La féminité d'Henriette, sa sensualité l'écrasaient. Il se sentait incapable de les affronter, trop faible, inférieur à son tour. Sa nature restait solitaire.

– Antoine, dit-elle, je vous le répète, ici, le travail ne manque pas et vous serez chez vous. Et puis...

Elle se tut, un merle chanta dans le houx dont les feuilles brillaient au soleil.

– Et puis, on pourrait se voir souvent !

Antoine ne répondit pas. Henriette comprit son malaise.

– Vous êtes seul, et vous voulez le rester parce que vous redoutez les autres. Je suis forte et je veux vous aider. J'ai un peu d'argent de côté, j'ai ma pension de veuve de guerre et le bistrot marche bien...

Ils arrivèrent au Gué. Henriette s'étonna du travail accompli : les ronces avaient été coupées, les pierres rassemblées. La meule montrait sa peau lisse, comme un dos exposé au soleil.

– Mon grand-père avait tout prévu en cas de malheur, sauf de brûler dans son moulin. Il avait largement de quoi reconstruire tout ça. Mais où est cet or ? Je l'ai cherché partout !

– Quelqu'un l'aura trouvé par hasard et l'aura emporté !

– Mon grand-père n'était pas homme à laisser ses économies à la vue de tout le monde. Je suis certain qu'elles sont encore dans une cachette sûre.

La pensée de Jeanne les effleura un moment. Henriette fit une petite grimace. Antoine pensa aussi à sa mère par qui le malheur était venu et serra les dents.

Enfin, Henriette se planta devant lui, se dressa sur la pointe des pieds.

– Embrassez-moi ! dit-elle en le regardant fixement.

Il était si maladroit qu'il ne bougea pas. Alors, la jeune femme posa un baiser rapide sur ses lèvres.

– J'ai tant de choses à vous apprendre ! ajouta-t-elle en s'éloignant jusqu'à la rivière.

À l'Étanchade, Blaise n'avait pas une seule fois évoqué avec sa mère le voyage à Bar. Il avait d'autres soucis. Le nouveau tracteur était arrivé et il passait beaucoup de temps dans son atelier à réparer les machines que Mazounie cassait, car il était brutal avec le matériel.

Jeanne accomplissait son travail avec minutie. Quand elle avait un peu de temps, elle montait au château faire le ménage et parfois la cuisine. Lefort n'avait pas reparlé de l'envoyer travailler à Tulle, M. Henri s'y étant fermement opposé. Elle attendait avec impatience le dimanche même si Antoine espaçait de plus en plus ses visites. Blaise lui avait expliqué qu'il se rendait au moulin du Gué, mais avait omis de lui parler d'Henriette.

Elle fouillait inlassablement sa mémoire à la recherche de l'or du vieux meunier. Elle revoyait la boîte en fer-blanc remplie de pièces brillantes avec un cheval peint sur le couvercle, l'autre boîte dans laquelle Paul mettait l'argent de la journée et qu'il comptait soigneusement le soir avant d'écrire des chiffres sur son cahier ; elle le suivait dans ses promenades le long de la rivière, au bord de son canal, s'arrêtait avec lui auprès de la Vierge du Gué, mais tout cela restait flou, confus. Elle aurait eu besoin de retourner au Gué, mais seule, une journée, deux ou plus, le temps de remettre ses pieds dans ceux de la petite fille qu'elle avait été, le temps de projeter dans ce coin de vallée les images de son lointain passé. Mais comment y aller, comment trouver parmi cet écheveau de routes celle qui conduisait à Bar ? Cette envie devenue rapidement une obsession la conduisait chaque jour sur la route de Treignac. Là, elle se remémorait les tournants, les croisements, les hameaux traversés, mais c'était trop difficile... Et puis elle ne se voyait pas marcher sur le bord de la route, avec les voitures qui passaient à toute allure et les gens qui ne manqueraient pas de l'interpeller, de s'étonner de son mutisme. Elle eut une autre idée, qui éclaira son visage d'un large sourire...

Jeanne attendit le dimanche suivant pour mettre son projet à exécution. Elle avait découpé la carte du département dans le calendrier des postes et avait soigneusement étudié son itinéraire. Aux premières lueurs de l'aube, elle se leva, passa à la cuisine prendre des provisions, puis suivit le sentier en bordure du parc pour éviter le hameau. Elle marchait d'un bon pas, consciente d'agir pour l'homme qu'elle aimait, même si elle n'avait rien à attendre de lui. Le soleil se levait, énorme, sur les collines. Il faisait doux, la rivière sortait de la nuit. Des fumerolles se balançaient sur le courant. Jeanne suivit la vallée vers l'aval par un sentier qui serpentait entre les fougères, s'éloigna de Treignac. Elle évitait de suivre les routes et les chemins pour ne pas se faire surprendre. La longue distance qui devait la conduire vers ses souvenirs ne l'affolait pas. Elle voulait revivre le bonheur de son enfance, revoir la silhouette un peu bossue de Paul, son regard pétillant quand il ouvrait la boîte de fer pleine de pièces d'or. Cette boîte, Jeanne la reconnaîtrait entre toutes : la peinture du cheval s'écaillait sur le couvercle.

En début d'après-midi, elle passa à côté de Madranges en prenant toujours soin de ne pas se montrer. Elle marchait, résolue, portée par un enthousiasme, une force profonde qui la transformaient. Ses peurs avaient disparu ; l'infirme avait le sentiment de n'avoir vécu que pour ce jour, de n'avoir existé que pour porter la mémoire de celui qui l'avait sauvée des flammes. Car Antoine avait raison : reconstruire le moulin aurait été le vœu le plus cher du vieux Paul.

Elle avait soif et but l'eau d'une petite rivière, mangea des mûres amères et du pain. Elle marchait d'un bon pas, évitant toujours les voitures et les bergers qui rentraient leurs troupeaux. Pour la première fois de sa vie, elle échappait aux autres, elle allait enfin vers un destin qui ne dépendait de personne. Sa vie lui appartenait et son anxiété devenait aussi du plaisir.

Elle suivait son chemin sur la carte du calendrier et décida de marcher le long d'un ruisseau qui devait la conduire vers la Corrèze, puisque toutes les vallées secondaires convergeaient vers la rivière principale. Elle préférait se tenir loin des routes désormais plus fréquentées, et les hameaux de plus en plus nombreux à mesure qu'elle se dirigeait vers Tulle. Elle se régala de pommes vertes et de prunes sauvages, découvrant les parfums acidulés de la liberté avec une gourmandise d'enfant. Elle dormit recroquevillée sur la paille d'une cabane de berger. Au lever du jour, Jeanne vit, sur une branche, un merle qui ouvrait le bec et gonflait son jabot. Il chantait, mais ce mot, appris avec Antoine, n'avait pas de sens pour elle. La terrible barrière du silence se dresserait toujours entre elle et le monde. Communiquer avec les autres, se faire comprendre, lui était devenu possible, des mots pouvaient exprimer ses pensées, mais jamais elle ne saurait ce qu'était le chant d'un oiseau, le bruissement de cette cascade qui jouait avec la lumière, la musique du violon ou de l'accordéon que les autres écoutaient avec tant de ravissement. C'était sa punition. Comme Jésus, elle payait pour l'ensemble de l'humanité, mais ce matin, cela lui faisait chaud au cœur. Son infirmité la rapprochait d'une pureté qui la conduirait toujours vers un paradis inaccessible aux autres.

Elle sortit de la cabane, fit quelque pas dans la rosée et frissonna. Elle s'approcha de la rivière, se mouilla le visage, laissa couler l'eau sur son menton, lécha du bout de la langue sa main mouillée, puis reprit sa marche, toujours d'un bon pas. La vallée était encaissée. Des prés tout en longueur s'accrochaient aux pentes. Les ruines de moulins livrées aux ronces indiquaient la richesse ancienne de la région.

Jeanne avait les pieds trempés, mais continuait de marcher avec détermination. Parfois, un taillis trop épais l'arrêtait et l'obligeait à entrer dans l'eau. Le soleil brillait, souverain et chaud.

Un petit ruisseau cascadait dans la pente. Un chemin empierré suivait sa rive droite, Jeanne s'en éloigna. Du bois en forte pente, elle vit le toit d'un moulin encore habité et fit un grand détour pour ne pas alerter les chiens.

Son estomac gargouillait. Elle avait mangé toutes ses provisions et trouva des mûres qu'elle dévora, se barbouillant le menton de jus noir, puis alla se nettoyer à la rivière. L'eau était d'une grande pureté et d'une fraîcheur attirante.

La journée passa. Jeanne suivait toujours le torrent dans une descente sans fin. Le paysage se transformait ; les collines étaient moins hautes, baignées d'une lumière plus vive. Elle se préparait à passer une deuxième nuit dans un abri de fortune mais ne trouva pas de cabane et dut se contenter d'une petite grotte au creux d'un rocher. Elle dormit pendant les quelques heures d'une nuit bleutée qui céda vite la place à l'aube. Jeanne devait encore marcher, ne pas penser à la faim qui la tenaillait, et surtout rester vigilante pour éviter les bergers et leurs chiens, les maisons encore habitées.

En fin de matinée, elle s'arrêta à un nouveau confluent qu'elle connaissait, celui de la Vimbelle et de la Corrèze, sa Corrèze peuplée de souvenirs. Le but du voyage approchait, la femme redevenait une fillette aux grands cheveux noirs, un petit animal fidèle qui s'accrochait aux pas d'un vieux meunier.

Elle arriva au Gué. L'émotion lui nouait la gorge. Seule à cet endroit où Antoine avait imprimé son ordre en coupant les ronces, entassant les pierres, Jeanne retrouvait vivante sa mère qui allait vers le four de son pas pressé, Paul qui regardait sa digue, l'œil droit presque fermé. Les anciens chemins renaissaient ; les murs reprenaient leur place et le grand bâtiment à trois étages se dressait devant Jeanne ; la roue tournait sous la chute d'eau pleine de lumière. Jeanne était dans la pièce occupée par la longue table. Le plancher vibrait sous ses pieds, les chaises, les murs tremblaient, vivaient au rythme du moulin et de ses énormes meules blanches.

Elle entra dans l'étable au toit affaissé. Là aussi Antoine avait rangé les vieux outils, nettoyé avec acharnement le sol. Elle revoyait Paul, parcourant des yeux ses vaches attachées aux crèches. La tradition voulait que les meuniers du Gué soient aussi éleveurs et possèdent une dizaine de belles bêtes. Sur la droite se trouvait le four presque intact. Cette fois, Jeanne se souvenait... Elle entra dans la petite bâtisse, la tête pleine de son enfance. La voûte de pierre avait été préservée, mais des briques s'étaient détachées du plafond.

Paul enfonçait dans la gueule du four des fagots de genêts et de branches sèches qui s'enflammaient. C'était l'hiver; un vent froid courait dans la vallée. La petite Jeanne se brûlait le visage à la gueule ouverte, mais ne bougeait pas. Avant d'enfourner les tourtes, Paul raclait les braises avec un outil au long manche et les faisait tomber dans un bac en pierre en dessous. Le bac massif avait traversé le temps, intact. Sur la droite, la maie dans laquelle Paul pétrissait son pain était toujours là, le couvercle mangé de pourriture s'écaillait, mais les charnières avaient tenu le coup et Jeanne souleva le lourd panneau de bois. Le fond s'était effondré. Jeanne poussa le meuble et découvrit en dessous les deux planches noires de châtaignier qui couvraient un trou creusé dans le rocher. La boîte en fer-blanc était là, à sa place, un peu rouillée; Jeanne devinait les formes du cheval sur le couvercle.

Elle eut alors le sentiment d'une présence et se dressa vivement. Elle sortit; rien ne bougeait à part la rivière qui brillait au soleil. Elle revint au four, hésita de nouveau avant de s'emparer de la boîte en fer-blanc, comme si c'était un sacrilège, un crime de la sortir de son alvéole où Paul l'avait rangée, pour la dernière fois, vingt ans plus tôt. Elle la saisit enfin, la souleva et s'étonna de sa légèreté. Le couvercle était collé par la rouille, il lui fallut un bon moment avant de réussir à l'ouvrir. La stupéfaction se marqua sur son visage : la boîte était pleine de vieux papiers froissés, des pages de journaux en boule. Elle les écarta, il n'y avait rien d'autre, pas la moindre pièce d'or. Jeanne resta un long moment perplexe : quelqu'un avait donc trouvé la cachette et avait emporté le trésor ! Non, elle n'y croyait pas. Le voleur n'aurait pas fait autant de manières : certain de l'impunité, il aurait emporté la boîte sans remettre la maie à sa place. Il était plus probable que Paul, pris d'un pressentiment comme en ont souvent ceux qui vont mourir, avait déménagé son or pour une autre cachette plus sûre.

Elle remit la boîte à sa place, poussa la maie puis sortit. Le trésor de Paul devait pourtant se trouver quelque part dans les ruines. Jeanne tournait dans sa tête les habitudes du vieux meunier : en se levant, il inspectait sa prise d'eau et la digue, puis le canal qui conduisait l'eau à la roue. Ensuite il allait voir ses bêtes. Jeanne avait remarqué que chaque fois que le meunier entrait dans son four, il regardait malgré lui la maie et l'emplacement de son or. Il faisait certainement la même chose avec la deuxième cachette et Jeanne, à qui la surdité permettait de voir une foule de détails qui échappaient à tous, se disait qu'elle aurait remarqué ce même regard à un autre endroit. Mais ses souvenirs se confondaient, se superposaient. Que faisait Paul en entrant dans son étable ? Il inspectait ses vaches une à une, puis les veaux, s'il y en avait. Ensuite, il revenait au moulin, car c'était un domestique qui s'occupait des bêtes. En entrant dans la salle des machines, il s'arrêtait à la porte et vérifiait tour à tour les poulies, les courroies et les meules. Les cachettes ne manquaient pas dans cette grande pièce, mais où chercher sous cette montagne de pierres ? Quand les flammes avaient commencé à courir comme des démons, Paul était allé chercher un petit sac sur l'étagère puis était revenu vers la petite fille qu'il avait poussée devant lui jusqu'à la porte, mais là le feu les avait empêchés de passer, les cheveux de Jeanne s'étaient embrasés d'un coup... Les jours suivants, des voisins étaient venus aider à dégager les pierres et rechercher les restes de Paul. Ils avaient retrouvé quelques os aux trois quarts calcinés, mais pas de pièces d'or. L'enterrement s'était fait derrière un cercueil presque vide.

Jeanne s'éloigna le long de la rivière, s'arrêta un instant près du rocher en forme de Vierge à l'Enfant. Elle avait fait tout ce chemin pour rien, pour trouver une boîte remplie de journaux. Quelque chose lui échappait pourtant. Elle était persuadée que le secret de ces ruines lui était accessible, qu'elle devait, une fois de plus, fouiller sa mémoire et y chercher le détail qui la conduirait à la cachette. L'esprit de Paul régnait sur ce lieu, Jeanne le sentait, et elle gardait espoir...

Blaise se trouvait dans le bureau de M. Henri. Il avait apporté des truites pêchées la nuit précédente dans la Vézère, de superbes poissons qui sentaient la mousse humide et la pierre lissée par l'eau.

– Je devrais me fâcher, te dire que tu mérites la prison ! dit M. Henri en souriant. Au fait, as-tu des nouvelles de ta mère ?

– Non et ça m'inquiète ! Elle est partie depuis trois jours...

– Bah, t'en fais pas, elle sait se débrouiller, maintenant. Lefort, qu'est-ce qu'il en dit ?

– Rien, il s'en moque. Il dit qu'elle peut faire ce qu'elle veut tant que ça se passe pas chez lui !

M. Henri était en train de feuilleter un gros livre ancien. Il tourna quelques pages, puis ajouta :

– Peut-être avons-nous eu tort de ne pas la laisser aller travailler à Tulle ! Tiens, fais-moi plaisir, place-toi à côté de la photo de mon père.

Blaise obéit. Aline arriva. S'occuper de son mari lui coûtait de plus en plus. M. Henri était lourd, elle devait cependant l'aider à faire sa toilette, à se mettre au lit. Elle devait préparer les repas, faire la lessive, le ménage... La jeune femme s'habillait désormais comme une servante, d'un grand tablier gris qui enveloppait son corps et descendait jusqu'aux mollets. Elle était prisonnière de ce château qu'elle avait aimé et qui lui déplaisait à présent. Elle rêvait de partir loin, de connaître enfin l'amour avec un homme de son âge, la passion qui prend tout, qui dévore pour laisser démuni, vide de toute force et du moindre désir. Mais elle n'arrivait pas à se décider.

En entrant dans le bureau, elle vit d'abord Blaise qui souriait à M. Henri, puis la photo, et fut frappée par le regard du garçon si semblable à celui du vieil homme en noir et blanc, la forme du visage, le pli de la bouche. Et puis ce front large... Comment ne s'en était-elle pas aperçue plus tôt ? La jeunesse de Blaise, ses traits d'adolescent, l'âge de M. Léopold l'avaient tenue éloignée de cette pensée, de ce rapprochement. Et puis cela semblait impossible, comme le mariage de la chèvre et de l'âne, comme une monstruosité que la nature ne permettait pas. Elle resta un moment horrifiée puis murmura :

– Comment est-ce possible ?

M. Henri se tourna. Il était grave. Son regard s'arrêta sur les lèvres entrouvertes de la jeune femme.

– Eh bien, quoi ? Que t'arrive-t-il ?

Elle eut un mouvement des mains, comme pour se protéger d'une gifle, comme pour chasser une guêpe prête à la piquer.

– Cette ressemblance... Ne me dites pas que...

Cette fois, Henri baissait la tête. Sa blessure avait rougi, sous la peau fine, les battements du cœur s'étaient accélérés.

– Ne me dites pas que..., répéta Aline.

Blaise ne comprenait pas ce que voulait dire Mme Aline. Il se prêtait au jeu de M. Henri sans en chercher la signification et n'avait jamais pensé qu'il pût ressembler à un personnage aussi prestigieux que M. Léopold, lui, le dernier des domestiques.

M. Henri se tourna de nouveau vers Aline, leva les yeux sur la photo et dit :

– C'est frappant, n'est-ce pas ?

Aline parcourut la pièce des yeux, comme si elle la découvrait, s'arrêta un instant sur les rayonnages de la bibliothèque puis revint à Blaise comme attirée par ce visage qu'elle semblait voir pour la première fois.

– Et je ne m'en étais point aperçue tant une idée pareille ne m'avait jamais effleurée.

– Eh bien oui, Blaise ressemble beaucoup à Léopold, son grand-père !

Aline chancela. Entendre formuler ainsi la paternité de Blaise ressemblait à une grossièreté, une indécence. La ressemblance pouvait être le fait du hasard, mais Henri venait bien de dire que Blaise était son fils. Le jeune homme ne comprit pas, tant cela lui paraissait invraisemblable, puis, se tournant vers la photo, il se dit que cet homme riche ne pouvait être le grand-père d'un enfant né sous un arbre au bord de la Vézère... Son visage se contracta. Il dut s'appuyer contre le bureau.

– Voilà, ajouta M. Henri redevenu calme, je voulais vous le dire à tous les deux. Il a fallu que ce soit toi, Aline, qui découvres la vérité. Blaise est mon fils et je vais le reconnaître comme tel. C'est un Couperade et je veux qu'il porte mon nom...

– Mais vous vous rendez compte...

C'était tout ce qu'Aline trouvait à dire. Tout à coup, Blaise se détendit comme un ressort, un diable sorti de sa boîte, et poussa un rugissement rauque. Il courut dans le couloir, une envie de vomir lui retournait l'estomac. Aline n'avait pas bougé ; un fourmillement brûlant lui parcourait le dos. Ses jambes avaient la lourdeur du plomb. Pourtant son esprit recommençait à fonctionner avec lucidité.

– Ainsi, vous aussi, vous avez abusé de cette pauvre fille jusqu'à lui faire un enfant !

Il y avait beaucoup de rancœur dans cette voix qui était montée d'un ton. Aline savait que le monde venait de basculer, que désormais elle ne serait plus chez elle dans ce château qui reviendrait à un garçon d'écurie. Sa décision était prise. Henri baissait les yeux sur un souvenir ; son visage s'éclairait, un léger sourire illuminait ses lèvres.

– Non, dit-il, je n'ai pas abusé d'elle. Tu ne peux pas comprendre ce qui s'est passé, personne ne peut comprendre. Elle n'avait pas dix-sept ans, c'était une fleur sauvage aux couleurs rares. Certains comportements ne s'expliquent pas : deux êtres sont poussés l'un vers l'autre alors que tout les sépare. Un moment hors du temps, de la vie ordinaire... Je te dis, cela s'est passé naturellement ; elle n'a pas été contrainte !

– Évidemment ! Elle a beau être sourde et muette, elle comprenait l'avantage qu'elle pouvait en tirer !

– Elle n'en a tiré aucun avantage. Elle s'est débrouillée avec son fils comme une chienne se débrouille avec son chiot. Ce n'est même pas elle qui a choisi le prénom. C'est Émile qui est allé déclarer la naissance à la mairie.

– Pourquoi n'y êtes-vous pas allé vous-même ?

M. Henri eut un mouvement des bras. Il grimaça : depuis qu'il ne pouvait plus marcher, son corps était constamment parcouru de douleurs vives.

– J'ai été un lâche, une fois de plus.

Aline s'éloigna d'un pas ferme, elle fuyait cette nouvelle réalité qui faisait d'elle une étrangère à l'Étanchade, moins qu'une servante, moins que Jeanne. À la mort de M. Henri, le nouveau propriétaire la mettrait à la porte sans se souvenir de son sacrifice. Son dévouement n'avait servi à rien, elle avait perdu son temps, gâché sa jeunesse auprès d'un vieillard ! Jusque-là, elle avait cru avoir une certaine tendresse pour M. Henri, une affection de fille, un sentiment qui la confortait dans cette grande maison et lui donnait la force de poursuivre la tâche ingrate qui lui incombait. Ce matin, elle éprouvait du dégoût ; le contact du corps de Jeanne avait souillé à jamais M. Henri. Aline devait fuir tant qu'elle n'était pas souillée elle-même, un gamin de dix-sept ans venait de lui prendre sa raison d'être. Elle courut dans sa chambre, jeta à la hâte quelques vêtements dans un sac et s'en alla. Elle sortit du parc, passa sans le voir à côté de Blaise qui tremblait de tous ses membres sous un soleil brûlant.

Ce que le jeune homme venait d'apprendre pesait en lui, se ballottait comme du plomb, le clouait. Il se répugnait, il avait le sentiment d'être un insecte, un animal repoussant. Si sa mère avait été là, il lui aurait sûrement reproché vertement cette paternité qui le détruisait. Il l'aurait peut-être frappée pour ce moment d'abandon qui lui avait donné la vie. On n'avait pas fini de rire dans son dos et de se moquer de lui, imaginant une conception à la va-vite, dans un coin du château, en se cachant. Il s'était habitué à l'idée d'être issu de l'accouplement d'un ivrogne sans nom et d'une femelle qui ressemblait à une femme, la réalité était pire : il n'était pas né d'un viol ordinaire, mais d'une fornication sordide !

Il partit vers la Vézère. Dans les taillis, entre les rochers gigantesques, le bruit de la rivière dans les oreilles, il se sentit redevenir un instant celui qu'il avait été jusque-là. Enfin, il retourna au hameau et s'arrêta chez Gaby Masson.

Antoine et Gaby s'apprêtaient à partir faucher. Blaise pensait devant les deux hommes à ce qu'il venait d'apprendre, ils en étaient changés l'un comme l'autre.

– Antoine me fait bien de la peine ! dit enfin Gaby. Il a décidé de s'en aller !

Blaise prit un air étonné. Il ne s'attendait pas à une telle nouvelle. Il demanda :

– Ça y est, tu reconstruis ton moulin ?

– Je vais me marier.

– Te marier ?

C'était aussi incroyable que le reste. Jamais Blaise n'avait imaginé qu'Antoine pût se marier, sa nature était de rester seul. Il pensa à sa mère, comment lui annoncer cette nouvelle qui allait lui faire tant de mal ?

– Avec Henriette. Je reconstruirai le moulin dès que j'aurai un peu d'argent. Tu comprends ?

– Oui, bien sûr ! Au fait, la Jeanne est partie. On sait pas où elle est !

À mesure qu'il parlait, Blaise croyait avoir rêvé : non, il n'était pas le fils de M. Henri, ce n'était pas possible dans cette cour de ferme !

– Elle reviendra ! dit Antoine. Maintenant, la Jeanne peut se faire comprendre !

Il avait parlé avec légèreté, comme si le sort de l'infirme le laissait indifférent. Blaise s'éloigna. Le futur mariage d'Antoine alourdissait ses pas autant que le nom de son père. L'un et l'autre marquaient pour lui la fin d'une certaine innocence. Plus jamais Antoine ne viendrait dans la chambre de sa mère, plus jamais Jeanne n'aurait ce sourire radieux qui changeait son visage et faisait oublier son handicap. Blaise ne serait plus à sa place au château. Il devait fuir, changer d'endroit pour devenir lui-même. À l'Étanchade, pouvait-on imaginer que le Berche devienne M. Blaise ? Il devait se défaire de toutes ses attaches anciennes et avec le temps, il s'habituerait peut-être à son véritable nom. Mais qu'allait devenir sa mère ?

Antoine savait où Jeanne était allée. Il n'en avait rien dit à Blaise car il voulait la voir seul, et regarder avec elle le lieu commun à leurs deux enfances.

Il enfourcha sa moto et partit aussitôt. À Bar, Henriette fut heureuse de le retrouver. La jeune femme avait enfin réussi à le convaincre que leurs vies gagneraient à s'unir. Elle ne lui demandait pas de l'aimer, mais d'oublier avec elle sa solitude.

– T'en fais pas ! lui avait-elle expliqué. Je comprends que tu es inapte à l'amour, que ce sentiment t'est étranger, tout cela, c'est ton enfance, c'est ta mère qui en sont responsables. Moi je vais t'apprendre autre chose : la bonne entente entre un homme et une femme et c'est ce qui est le plus beau au monde ! J'ai assez d'amour en moi pour nous deux ! Tu verras, je te rendrai heureux ! J'ai plus envie de te donner que de recevoir.

Au Gué, Antoine posa sa moto près du four et marcha vers la rivière. Le soleil passait derrière les collines, la fraîcheur tombait. L'endroit semblait désert, pourtant quelqu'un était venu ici, avait déplacé les pierres au centre, près de la meule. Il allait faire demi-tour quand le bruit d'un caillou qui roule attira son attention. Jeanne était là, recroquevillée, tassée comme un chat à l'ombre du mur. Elle leva les yeux vers Antoine, son visage se colora, elle baissa de nouveau la tête.

– Jeanne ! Qu'est-ce que tu fais là ?

Jeanne hésita un instant puis se leva, fit signe à Antoine de la suivre. Elle entra dans le four, déplaça la vieille maie et lui montra la boîte, qu'il reconnut ; son visage s'assombrit en découvrant les vieux papiers.

– L'endroit n'était pas assez sûr, Jeanne. Mon grand-père ne cachait pas son or sous cette maie. Il faut encore chercher.

Jeanne le regarda longuement. Il comprit à ce regard qu'elle ne savait rien de plus et il n'insista pas.

– Viens, il faut que tu rentres, les autres te cherchent !

Il revint vers la moto. Rien n'était perdu. Jeanne devrait encore chercher dans ses souvenirs un détail qui la conduirait vers l'or. Elle avait pu revivre son passé au milieu des ruines, il fallait maintenant laisser faire le temps et la chance.

– Tu vas monter derrière. Je vais te ramener.

Il la fit asseoir sur le porte-bagages. C'était la première fois qu'elle montait sur un tel engin, mais elle n'avait pas peur, le pincement d'appréhension qu'elle ressentait dans sa poitrine avait une autre raison. La nuit tombait, le ciel se barbouillait de nuages rouges. Le véhicule se mit à rouler lentement dans le chemin cahoteux. Pour se tenir, Jeanne avait entouré de ses bras la taille d'Antoine. Une ivresse sans pareille montait progressivement en elle, lui faisait oublier les douleurs de l'estomac et de ses membres. À mesure que la moto roulait, que les cahots la secouaient, elle s'enhardissait, resserrait son étreinte, posait sa tête contre le dos de l'homme, enfouissait sa figure dans le creux de ses épaules. Elle respirait à peine tant l'émotion pétrissait son corps tout entier. Son cœur battait si fort qu'Antoine devait le sentir, mais il se laissait faire et Jeanne pour la première fois de sa vie se donnait sans aucune retenue, sans la moindre pudeur sur cette moto qui filait dans la nuit.

Sa main droite remonta vers la poitrine d'Antoine, trouva un passage entre deux boutons et glissa sur la peau moite de sueur. Jeanne promenait ses lèvres sur le cou et l'épaule, les goûtait du bout de la langue. Elle était plaquée contre l'homme, ses cuisses collées aux siennes, son corps comme mélangé au sien. Les cahots de la route ajoutaient à son étreinte une fantaisie de mouvements qui augmentaient son plaisir. Et elle palpait cette chair à pleines mains, s'en enivrait à pleine bouche. Une lumière s'alluma dans sa tête, illumina tout à coup son corps dans une extase immense qui englobait le monde, et qui se prolongeait. Chacune de ses fibres vibrait; pas une n'était oubliée dans cette jouissance profonde qu'elle découvrait. Les couleurs de l'arc-en-ciel miroitaient devant ses yeux et cela dura longtemps, si longtemps qu'elle revint de cette envolée au paradis molle et lourde, le dos mouillé de sueur, la bouche pâteuse.

Ils arrivaient à l'Étanchade. Sans force après cet amour qu'elle avait volé, Jeanne descendit de la moto et, sans un regard à Antoine, car elle avait honte, s'éloigna dans la nuit. Elle marchait en butant contre les cailloux, encore ivre du plaisir intense qu'elle venait de découvrir. Elle entra dans sa chambre et se laissa tomber sur son lit. Elle dormait quand Blaise vint constater son retour.

Depuis le départ de Mme Aline, Jeanne s'occupait de M. Henri. Lefort ne s'était pas opposé à cette solution puisqu'il ne payait pas Jeanne et qu'elle continuait de faire son travail à la ferme. Blaise n'avait pas annoncé à sa mère le mariage d'Antoine car il redoutait sa réaction. Il osa cependant parler de ce que M. Henri lui avait appris.

– J'ai du mal à m'habituer ! dit-il.

Jeanne le regarda avec étonnement. Depuis son escapade, son visage n'était plus le même, Blaise n'aurait pas su dire pourquoi, mais il lui trouvait un air de fierté.

– Tu ne m'avais pas dit qui était mon père, la Jeanne. Je te dis, j'ai du mal à m'habituer.

Jeanne qui avait compris ouvrait de grands yeux pleins de lumière. Elle souriait en prenant la main de Blaise qu'elle porta à ses lèvres.

Antoine lui rendit visite le premier dimanche de juillet. Jeanne ne l'avait pas vu depuis le retour du moulin du Gué en moto et courut à sa rencontre, mais ne se jeta pas dans ses bras, brusquement retenue par une appréhension. Elle comprenait avec cet instinct sûr qui ne l'avait jamais trompée que quelque chose d'essentiel avait changé. Antoine n'avait plus l'attitude naturelle d'avant, il évitait son regard et parlait de l'été, de Gaby qui avait fini ses foins, autant de propos qui ne lui étaient pas habituels auprès de Jeanne. Elle voulut l'emmener dans sa chambre où il faisait frais, il accepta, mais au lieu de s'asseoir près d'elle comme il le faisait auparavant, il resta debout et marchait de la fenêtre à la porte.

– Jeanne, écoute-moi...

Il était embarrassé, cherchait ses mots et ne les trouvait pas. Pourtant, tout aurait dû être simple entre Jeanne et lui ! En effet, tout était simple, mais Antoine n'arrivait quand même pas à parler.

– Jeanne, tu es bien ma petite sœur ?

Jeanne avait compris ; son visage s'était assombri. Une larme se forma au coin de ses yeux, elle renifla. Antoine s'en aperçut et posa une main sur son épaule.

– Voilà, je vais partir !

Antoine allait partir ! Jeanne se mordait les lèvres pour ne pas céder aux larmes. Comment pourrait-elle vivre à l'Étanchade sans lui ? Elle avait certes M. Henri et Blaise, mais ni l'un ni l'autre ne pouvait remplacer Antoine !

– Oui, je vais me marier !

Elle ouvrait la bouche comme quelqu'un qui étouffe. Ses doigts se crispèrent sur la couverture du lit, puis dans un effort d'orgueil, le premier de sa vie, elle se ressaisit, bloqua l'air dans ses poumons et garda la tête haute. Jamais elle n'avait eu aussi mal et pourtant Jeanne n'avait pas pensé épouser Antoine : la Mule ne pouvait épouser personne, mais elle avait espéré le garder ainsi, près d'elle, comme son frère peut-être, mais sans aucune femme entre elle et lui.

– Tu me comprends, Jeanne ?

Elle fit oui de la tête, les lèvres toujours serrées. Tandis qu'Antoine s'en allait comme un voleur, ses yeux devinrent durs. Elle attendit que le jeune homme se fût éloigné, alors elle se dressa brusquement, poussa un de ces curieux cris de gorge qui l'enlaidissaient et partit en courant. Tant pis pour ceux qu'elle laissait, pour M. Henri qui ne pouvait vivre seul, il s'arrangerait avec Blaise. Sa peine était trop lourde à porter, chaque battement de son cœur lui cisaillait la poitrine. Que n'était-elle morte dans l'incendie du moulin du Gué ! Que n'avait-elle suivi Paul dans l'au-delà, en lui donnant la main, pour ce voyage vers l'éternité ! Elle traversa la cour sous un soleil aveuglant. Des poules couchées à l'ombre du mur se vautraient dans la poussière. Jeanne passa à côté des communs et arriva au vieux puits. Les pensées bloquées par sa douleur, elle ne pouvait réfléchir. Elle sauta sur le muret et, sans la moindre hésitation, se laissa tomber comme un sac dans la gueule béante et noire qui s'enfonçait dans les profondeurs de la terre. Alors, le monde disparut pour elle.

Blaise revenait de Treignac. Lefort lui prêtait parfois sa moto et l'adolescent en profitait pour aller boire un verre avec ses camarades. Il commençait à s'intéresser aux bals, mais ne délaissait pas pour autant la chasse et la pêche. Il passa dans la chambre de sa mère et, ne la trouvant pas, la chercha longtemps entre les bâtiments, monta jusqu'au château.

– T'en fais pas ! dit M. Henri. Maintenant, elle peut se débrouiller !

– Avec elle, rien n'est facile ! répondit Blaise. Elle a peut-être eu une idée sur la cachette de l'or du Gué !

Jeanne reprit lentement connaissance et se demanda où elle était. Un violent mal de tête éclatait à chaque battement de son cœur ; quand elle bougea, une douleur vive à l'avant-bras lui fit faire la grimace. Elle pataugeait dans une boue gluante et froide qui avait amorti sa chute. La mort n'avait pas voulu d'elle ; Dieu la considérait sûrement comme indigne de paraître devant lui.

Elle se secoua et se mit sur ses jambes. Ainsi, Antoine allait se marier ! Rien n'était plus naturel. Ne lui avait-il pas assez dit qu'il la considérait comme sa sœur ? Malgré cela, malgré toutes les bonnes raisons qui lui venaient à l'esprit, elle ne pouvait pas supporter qu'Antoine fasse l'amour avec une autre femme. Cette seule pensée la brûlait, déchirait son corps, écrasait son cœur qui battait difficilement. Elle pleura de longues heures. La nuit tombait lentement. Jeanne leva la tête et vit des étoiles scintiller.

Souhaiter une mort brutale, comme une lampe qu'on éteint, n'était plus possible. Elle devait donc sortir, mais les pierres bien ajustées ne permettaient aucune prise. N'importe qui d'autre aurait pu crier ! Elle était prisonnière de son silence, condamnée à rester dans ce trou nauséabond à quelques pas de sa chambre et de la cour.

Des tremblements agitaient son corps, elle avait froid. La boue se collait à sa peau en plaques visqueuses et glacées. Elle pensait à Antoine et pleurait de nouveau. Sans Antoine, le monde était inutile, sans consistance. Un vide qui ne se comblerait jamais s'était creusé en elle et l'alourdissait. Elle aurait voulu devenir pierre au milieu des pierres d'un chemin, et surtout ne plus penser !

Elle s'abîma dans une sorte de torpeur, un sommeil épais qui n'effaçait pas sa douleur. Quand elle ouvrit les yeux, les étoiles s'éteignaient au-dessus du puits. Le ciel laiteux annonçait l'arrivée du jour. Émile devait déjà s'occuper des vaches et des veaux. Blaise, ne la voyant pas revenir, était monté aider M. Henri à faire sa toilette. La chercherait-il seulement ? Depuis son escapade au moulin du Gué, il la savait capable de parcourir de longues distances et de se débrouiller seule et puis Blaise avait tant à faire avec ses machines et ses tracteurs !

Quand le soleil éclaira sa prison, Jeanne comprit que ses chances d'être découverte étaient bien minces. Elle ne pleurait plus. Qu'avait-elle cru, la sourde-muette, la Mule ? Qu'elle pouvait échapper à sa condition ? Même si elle connaissait tous les mots du dictionnaire et avait lu tous les livres de M. Henri, Jeanne resterait toujours une femme inférieure que l'on regarderait avec condescendance. Désormais, elle savait se faire respecter et les hommes la laissaient en paix parce qu'elle pouvait les dénoncer, mais cela ne changeait rien à son état. Son handicap la privait d'une vie accessible aux autres. Elle devait se faire une raison, car le refuser revenait à refuser la volonté de Dieu.

Cette constatation ne l'apaisa pas. Son bras la faisait souffrir, mais la douleur physique n'avait rien de comparable avec l'autre, celle qu'aucun raisonnement ne pouvait apaiser, qui se promenait dans son corps, sans partir d'un endroit précis, mais de tous les endroits en même temps.

– Antoine, je veux bien être ta sœur ! dit-elle mentalement en remuant les lèvres comme si elle articulait des sons.

Elle répéta plusieurs fois cette phrase, s'en imprégnait pour s'en persuader et oublier sa jalousie. Au-dessus de sa tête le ciel était d'un bleu profond. Il devait faire très chaud. Blaise penserait-il à sortir M. Henri sous sa charmille ?

Depuis trois jours, Jeanne tournait en rond dans sa prison, pataugeait dans une fange putride. Des douleurs lancinantes parcouraient son corps. Son bras droit avait gonflé et lui faisait mal au moindre mouvement. Sa gorge sèche brûlait à chaque inspiration. Une langue épaisse remplissait sa bouche et se collait au palais.

Elle se terrait dans un coin, loque immonde couverte d'écailles de boue sèche. Dieu la punissait, lui faisait payer sa faute d'orgueil par une mort lente. Elle sombrait par moments dans une sorte de somnolence peuplée de mirages apaisants, bords de rivière bouillonnante où elle entrait avec délices, lac immense. Elle se voyait portant les deux seaux d'eau à la grande cuisine du château, des langues fraîches de liquide tombaient sur ses mollets. Elle lavait les draps au lavoir et l'eau ruisselait du tissu qu'elle agitait... Quel bien merveilleux, cette eau, quel trésor devant lequel celui du vieux Paul n'était que tas de ferraille ! Ses pensées revenaient toujours à Antoine qui allait se marier et elle grimaçait.

Par moments, elle levait la tête. Depuis l'aube, de gros nuages passaient dans le cercle de ciel en haut du puits, lourds, chargés de pluie. Une goutte frappa enfin son visage. Jeanne ouvrit la bouche pour humecter sa langue. Quelques autres gouttes tombèrent alors, ruisselèrent sur son visage, elle les recueillit avec ses mains, but avidement cette eau que le ciel lui donnait. La pluie dura ainsi quelques minutes puis cessa, le ciel redevint d'un bleu désespérant. Jeanne sombra de nouveau dans une torpeur qui était le début de la mort.

La journée passa avec un soleil qui devait faire sourire et chanter les bergères. Vint la nuit et un nouveau jour. Jeanne attendait la mort qui allait mettre fin à son supplice. Elle gardait les yeux fermés car ses paupières sèches lui faisaient atrocement mal à chaque battement. Elle eut tout à coup l'impression qu'on la regardait. Elle leva la tête et vit la silhouette d'un chat qui se découpait sur le fond du ciel bleu. Jeanne sourit : Grigris ne l'avait pas oubliée et il se mit à descendre en s'accrochant aux pierres de ses puissantes griffes. Là où les hommes et la plupart des animaux ne pouvaient passer, le petit félin n'éprouvait aucune difficulté. Quand il fut en bas, il sauta sur les genoux de la prisonnière, se frotta à elle en ronronnant. Jeanne sentait son corps vibrer à chaque respiration. Grigris la regardait de ses grands yeux verts. Alors, des flammes se mirent à danser devant elle, avec des formes de femmes à longues robes. Elles sautaient d'une poutre à l'autre, envahissaient le moulin. Enfin, le brasier s'éteignit dans un ciel de fin de journée couvert de nuages rouges et Paul se mit à vivre devant ses yeux. C'était le dimanche avant l'incendie. Paul suivait le cours de son canal pour aller pêcher les truites dans la Corrèze, son seul loisir. Jeanne l'accompagnait... Grigris bougea, la vision disparut. Le chat sauta au mur où ses griffes crissèrent contre les pierres et s'éleva vers la lumière.

Blaise savait que sa mère reviendrait, d'autres tracas l'occupaient : les pièces nécessaires aux réparations des machines tardaient toujours et Lefort s'impatientait.

– Tout ce temps perdu ! pestait le patron. On n'aura jamais fini la moisson avant les orages et le grain sera gâté.

C'était un anxieux. Il avait beaucoup investi dans le domaine et ne supportait pas qu'un incident ou un retard gênent le bon déroulement des travaux. Il marchait de son pas raide du bureau à l'atelier, s'en prenait à Mazounie qui malmenait le matériel et demandait à Blaise d'aller le plus vite possible. Le garçon travaillait de l'aube à la nuit, ne prenant que quelques minutes pour aller rendre visite à M. Henri.

– À mon avis, Lefort se sent coincé ! dit Émile Lagarrigue à Blaise. Il a vu trop grand et n'a plus de sous !

Comme Blaise ne pouvait être partout à la fois, Marthe apportait à manger à M. Henri et l'aidait à s'habiller. Le fauteuil roulant permettait au châtelain d'aller seul d'une pièce à l'autre. Depuis quelque temps, il avait retrouvé un peu de force dans ses jambes et reprenait espoir.

– Avec un peu de chance, je pourrai remarcher un jour !

Pour cela, il aurait fallu qu'il maigrisse. Le docteur lui avait assez dit que son poids excessif freinait sa guérison, mais M. Henri aimait manger et n'arrivait pas à se rationner.

Ce soir, Blaise était préoccupé par l'absence de sa mère et s'étonnait qu'Antoine ne l'ait pas retrouvée. Après avoir mangé rapidement à la cuisine, il traversait la cour pour aller terminer un travail à l'atelier. La nuit était tombée, remplie du bruit métallique des grillons. Le jeune homme marchait en regardant la lune qui découpait la silhouette du château avec ses deux tours symétriques. Ce château serait un jour à lui ! M. Henri lui avait dit que son testament serait établi dans ce sens. Blaise n'y croyait pas, mais il ne s'en souciait pas.

Grigris l'attendait au bout de l'allée. Ses yeux brillaient, deux lunes rondes sur la défensive. Au lieu de s'enfuir comme il le faisait d'habitude, l'animal vint se frotter aux mollets du garçon et passa devant lui comme pour l'arrêter.

– Tu vas me faire tomber ! Qu'est-ce qui te prend, ce soir ?

Le chat se planta devant Blaise et le regarda en miaulant. Comme il avait hâte d'aller se coucher, le jeune homme écarta l'animal du pied et poursuivit son chemin.

Quand il eut terminé son travail, il éteignit la lumière dans l'atelier et sortit. Le chat vint encore se frotter à ses jambes, le jeune homme le chassa une nouvelle fois. Il passa dans sa chambre et ne réussit pas à trouver le sommeil : le grand bâtiment des communs était trop silencieux. Vers minuit, le chat se mit à miauler à sa porte. Blaise, réveillé, s'en étonna. Pourquoi Grigris, d'ordinaire si sauvage, tournait-il autour de lui avec autant d'insistance ? Blaise finit cependant par se rendormir. Au petit matin, il ne pensait plus au chat et se rendit au hangar où étaient garées les machines ; c'était sa manière à lui de commencer la journée. Il fit le tour des tracteurs, vérifia les niveaux d'huile, l'eau dans les radiateurs, remplit les réservoirs de carburant et alla enfin boire son café à la cuisine où Marthe, invariablement, se plaignait d'avoir mal dormi. Comme il sortait, Grigris qui arrivait du vieux puits vint de nouveau se frotter à ses jambes en miaulant. Enfin, l'animal se planta devant lui et le regarda fixement de ses grands yeux de félin, pleins de lumière.

– Mais qu'est-ce que tu me veux depuis deux jours ?

Grigris s'éloigna de quelques pas puis s'arrêta, se tourna vers Blaise en miaulant.

– Tu veux que je te suive, peut-être ! C'est ça ?

Le chat s'éloigna avant de se tourner une nouvelle fois, toujours en miaulant.

– Où m'emmènes-tu ?

L'animal passa devant la porte des communs, se dirigea droit vers le vieux puits et sauta sur le muret. Blaise s'approcha du trou et entendit un bruit. Il se pencha, vit nettement une main qui pendait à côté d'une masse sombre, des cheveux et enfin un visage immobile, tourné vers la lumière. C'était sa mère !

Le chat descendit le long de la paroi ; le bruit de ses griffes ressemblait au crépitement d'un feu d'herbes. Blaise, revenu de sa surprise, courut à la grange à foin, prit l'échelle en bois et la tira dehors.

– Viens m'aider ! cria-t-il à Émile qui sortait de l'étable.

Ils dressèrent l'échelle à bout de bras et la laissèrent glisser dans le trou. Quand elle fut en place, Blaise sauta sur le muret et se laissa descendre dans le puits. Jeanne ne bougeait plus. Blaise la prit à bras-le-corps et voulut la soulever et monter sur les barreaux, mais elle était trop lourde. Émile l'agrippa par les mains. Blaise poussait. Ils réussirent ainsi à sortir la prisonnière qui n'avait plus aucune réaction. Ils l'allongèrent à côté du puits. Elle respirait encore, son visage était fripé, pareil à un fruit sec, sa langue énorme sortait entre ses lèvres comme un champignon vénéneux.

– Faut aller chercher le médecin ! cria Blaise.

Lefort était arrivé et il examina Jeanne. Il était contrarié :

– Elle a été se fourrer dans ce puits ! Voilà deux mois que j'ai envie de le faire boucher et je retarde toujours ! Il sera bouché demain !

Puis, se tournant vers Blaise, il ajouta :

– Faut la porter sur son lit !

L'adolescent n'entendit pas ce que disait Lefort. Il courut au hangar, démarra la moto et partit au village. Quelques minutes plus tard, il remontait devant la voiture du docteur Géraldin, un petit homme aux grosses lunettes, qui semblait toujours malade. Lefort et Émile avaient transporté Jeanne dans sa chambre. Éliane et Marthe avaient enlevé son tablier souillé et l'avaient lavée. Le médecin écouta son cœur et dit :

– Il faut la faire boire ! Qu'on m'apporte de l'eau.

Personne n'y avait pensé. Blaise courut chercher un seau d'eau. Le médecin laissa tomber quelques gouttes entre les lèvres craquelées et la langue épaisse s'anima, la bouche s'ouvrit enfin pour recevoir le liquide de vie. Au bout d'une heure pendant laquelle le docteur la fit boire à la cuillère, Jeanne ouvrit les yeux.

– Son bras droit est cassé, expliqua le docteur, mais c'est pas le plus inquiétant !

Quand elle fut hors de danger, Blaise courut avertir Antoine.

– Tu me dis qu'elle s'est jetée dans le puits, mais alors...

Blaise, qui avait vraiment cru que sa mère allait mourir, était encore pâle de peur. Antoine le regardait, plein de regrets. Encore une fois, il avait été maladroit avec Jeanne, encore une fois, il lui avait parlé brutalement, comme si elle n'était pas une femme et ne pouvait éprouver que des sentiments superficiels.

Il courut à son chevet. Jeanne le regarda longuement, comme elle ne l'avait jamais fait jusque-là. Antoine prit sa main fiévreuse et dit :

– Ma petite sœur ! Je ne te laisserai jamais !

Et Jeanne acquiesça d'un lent mouvement de tête. Sur ses lèvres craquelées, un léger sourire se forma.

Jeanne resta allongée deux jours. Blaise lui rendait de fréquentes visites. Le jeune homme s'occupait aussi de M. Henri qui passait son temps derrière la fenêtre à surveiller les allées et venues dans la ferme. Il n'avait plus le cœur à lire et s'ennuyait. Il attendait le prochain mariage d'Antoine, le voyage à Bar, le banquet avec tous ces gens rassemblés pour un moment heureux.

Jeanne réclamait toujours à boire. Son corps qui avait souffert de la soif paraissait insatiable. Elle prenait un réel plaisir à laisser couler le liquide frais sur ses joues et dans son cou, à le gaspiller. Blaise lui apportait à manger, mais elle était vite rassasiée. Le docteur avait réduit la fracture et plâtré son bras droit qui ne la faisait plus souffrir. Au bout de trois jours, elle eut la force de se lever.

Antoine venait la voir tous les jours. Il lui prenait la main et Jeanne lui souriait. Quand il parlait d'Henriette, une ombre passait furtivement sur le visage de l'infirme qui baissait les yeux pour ne pas montrer sa peine.

– T'en fais pas pour l'or de Paul, ça n'a pas d'importance. On reconstruira quand même le moulin et tu viendras y habiter puisque ce moulin, c'est aussi le tien...

De jour en jour, Jeanne retrouvait ses forces et elle put de nouveau s'occuper de M. Henri. Elle faisait tout au château, et M. Henri vantait surtout sa cuisine.

– Marthe ne ferait pas mieux !

Marthe ne s'en vexait pas. Elle profita de l'aubaine pour prendre quelques jours de vacances au mois de septembre et se rendre chez sa fille. Jeanne la remplaça aux fourneaux et Lefort la félicita.

En ce début d'automne, Jeanne pensait surtout au mariage d'Antoine. Cette Henriette lui faisait toujours autant de mal et elle regrettait parfois de ne pas être morte. Consciente alors que sa jalousie était un grave péché, elle s'enfermait dans la prière, mais Dieu refusait toujours de l'aider.

La vision qu'elle avait eue au fond du puits s'était précisée dans sa mémoire : Paul pêchait les truites en marchant le long de la rivière. Il s'approchait avec précaution, laissait tomber sa ligne dans le courant... Ce dimanche-là, ils étaient seuls sur la berge. Ils arrivaient à l'endroit où un mur retenait l'eau du canal. Des vannes permettaient d'en régler le débit ou de l'assécher complètement. Paul était resté un long moment à côté du barrage qui conditionnait la vie de son moulin. Avait-il un pressentiment ? Tout à coup, la pêche ne l'intéressa plus. Il fit demi-tour en marchant si vite que Jeanne peinait à le suivre. Elle le vit entrer dans le four puis en ressortir presque aussitôt. Son panier de pêche était lourd ; la bretelle cassait son épaule alors qu'il n'avait pas pris une seule truite. Où était-il allé par la suite ? La petite fille, qui était rentrée à la maison avec sa mère, n'en savait rien. Pourtant à force de revivre dans ses pensées ces derniers jours de bonheur au moulin du Gué, Jeanne avait la certitude que quelque chose d'essentiel lui échappait encore, et qu'elle gardait tapi dans l'ombre de sa mémoire...

Le samedi 15 octobre, les cloches sonnaient à toute volée dans la petite église de Bar. En tête du cortège formé sur la place se trouvait Henriette qui donnait le bras à un oncle, frère de son père décédé. La jeune femme était resplendissante dans sa robe blanche de mariée. Son visage rayonnait sous le voilage de tulle léger. Sa vie recommençait enfin. Après ces années de solitude, Henriette allait créer un nouveau foyer et pourrait avoir des enfants. Malgré tout, le souvenir de son mari s'imposait par moments à son esprit et ternissait sa joie de devenir Mme Rolandier, un nom que l'on portait fièrement au bord de la Corrèze. Son bonheur était construit sur une mort ! Le curé lui avait pourtant dit, en confession, qu'elle ne devait avoir aucun scrupule, que les desseins de Dieu étaient ainsi difficiles à comprendre, mais qu'Il avait ses raisons.

Dans le cortège suivaient les invités de sa famille, et ceux d'Antoine, fort peu nombreux : Blaise qui poussait le fauteuil roulant de M. Henri, Jeanne, Émile, Marthe, Éliane, Gaby et Louise Masson. À l'arrière du cortège, Antoine, en costume sombre, marchait au bras de sa future belle-mère qui souriait.

Enfin il vint s'agenouiller à côté d'Henriette. L'église était pleine. M. Henri se trouvait dans les premiers rangs devant Jeanne qui cachait sa lourde peine sous un sourire forcé. Son corps était pétri d'une douleur que Dieu lui ordonnait d'oublier, mais qui ne cessait de la torturer.

Le prêtre faisait les gestes rituels qui n'avaient aucune signification pour l'infirme, il parlait, mais Jeanne ne réussissait pas à comprendre ce qu'il disait aux mouvements rapides de ses lèvres. Les mains posées sur le dossier du fauteuil de M. Henri, elle se savait à sa place, même si elle n'arrivait pas à retenir ses larmes. Blaise était à côté d'elle, superbe dans son costume neuf. Elle repensait à cet après-midi de printemps, au château. Elle n'était encore qu'une adolescente, ignorant tout des plaisirs de femme. Quel élan l'avait poussée vers M. Henri ? Pas de l'amour, non, une simple envie de se blottir dans des bras protecteurs, de se laisser aller dans une chaleur qui n'était pas hostile, d'être, l'instant d'une illusion, comme tout le monde. M. Henri avait tendu la main vers elle, comme il l'aurait fait à un chien fidèle. Et Jeanne était belle, désirable ; sa peau sentait bon la mûre sauvage et la mousse...

Elle s'essuya les yeux et sourit à la pensée de cet élan qui l'avait faite femme et mère, un sourire qui s'adressait à Jésus sur la croix, car ce qu'elle avait fait n'était pas un péché. Tout à coup, une lumière vive remplit son âme. Paul était devant elle ; ils marchaient tous les deux près du rocher en forme de Vierge qui tendait le bras vers le moulin et Paul se signait, comme le prêtre venait de le faire devant les mariés. C'était cela qui lui avait échappé : Jeanne l'avait vu passer des centaines de fois devant la Vierge du Gué sans même la regarder et ce jour-là, il avait fait le signe de croix, comme le lendemain et tous les jours qui avaient précédé l'incendie.

Pendant que Jeanne pensait au mystère de ces signes de croix, les mariés échangeaient leurs alliances et s'embrassaient devant Dieu. La foule murmurait. Beaucoup voyaient dans ce mariage le retour de la vie heureuse et insouciante du temps du moulin du Gué. Les Rolandier que l'on avait crus définitivement terrassés par le malheur renaissaient sur des ruines calcinées. La chance avait enfin tourné, demain ne serait pas comme hier, mais l'espoir de jours heureux restait. Ce mariage inespéré faisait le lien entre le passé et l'avenir.

Quand la cérémonie fut achevée, les gens sortirent de l'église et se rassemblèrent sur la place pour applaudir les mariés. Antoine souriait; il tenait sa revanche : il sortait de l'église où tous les Rolandier s'étaient mariés, c'était le premier acte de la reconstruction de son moulin. Henriette souriait aussi. Pourtant une sourde appréhension lui nouait la gorge. Elle l'avait tant voulu ce mariage, elle avait forcé Antoine, mais c'était la deuxième fois qu'elle sortait de l'église au bras d'un homme, sa deuxième robe blanche dans un pays où l'on ne se mariait qu'une fois. Alors, pour se donner du courage, pour ne pas assombrir ce moment de bonheur, elle pensait aux enfants qu'elle désirait tant, des Rolandier qui devraient constituer une nouvelle dynastie, égale à l'ancienne.

Le banquet se ferait au moulin du Gué. Antoine, aidé de quelques hommes du village, avait réussi à retaper le toit de la grange pour le cas où il aurait plu. Ils avaient remis en état le plancher pourri par la pluie. Henriette et ses amies avaient décoré la pièce en tendant des draps sur les vieux murs, les avaient décorés de bouquets de fleurs séchées et de branches de houx. Pour la cuisine, on se débrouillerait : certains plats, les sauces, les rôtis, les tartes avaient été cuits au village et seraient descendus à dos d'âne.

Le cortège des invités se mit en marche. Plusieurs tonneaux de vin avaient été placés la veille sur des trépieds et seraient mis en perce à l'arrivée des convives qui pressaient le pas.

Devant les mariés, le vieux Groussole jouait de l'accordéon. Il avait eu le temps de se chauffer au bistrot avec un litre de vin blanc nécessaire à l'agilité de ses gros doigts de charpentier. Il ne jouait pas très juste, mais cela n'avait pas d'importance. Jeanne poussait le fauteuil de M. Henri et souriait, pour les remercier, aux gens qui lui proposaient leur aide.

L'émotion étreignait la poitrine d'Antoine. Tout ce village qui chantait derrière lui en descendant à son moulin, c'était plus qu'il n'avait espéré. Il retrouvait ses racines, sa tribu. Arrivé seul ici, l'enfant des pensionnats tristes prenait la place que lui avait laissée son grand-père et tous ceux qui l'avaient précédé. Le souvenir de ses dimanches gris chez les Jésuites lui indiquait, une fois de plus, que rien n'était jamais perdu et que vaincre le malheur demandait surtout de la patience. Henriette pesait à son bras et il en était fier. Henriette avait de l'aplomb, de la force, du courage. La vie l'avait façonnée et ses malheurs passés lui donnaient la même envie de revanche qu'à Antoine. Avec elle, il pouvait être tranquille, le sillon serait tracé droit et profond.

Au moulin, les anciens évoquèrent leurs souvenirs ; les jeunes se pressaient autour des tonneaux et actionnaient le robinet de bois. Les invités s'asseyaient sur des bancs étroits près de la longue table dressée dans la grange. Antoine et Henriette étaient au centre, en face de la porte d'entrée. Le braiment d'un âne indiqua qu'on apportait les premières entrées. Blaise s'était assis à côté de sa cavalière, une superbe fille du village aux yeux rieurs, aux joues rondes et rouges. Le jeune garçon, très intimidé, tentait d'oublier sa maladresse en buvant plus de vin que son estomac ne pouvait en supporter. Jeanne aidait au service : elle l'avait voulu ainsi, refusant la place qu'Antoine lui avait proposée à côté de lui. Elle pouvait ainsi s'échapper de temps en temps pour s'essuyer les yeux et voulait rester à la place que Dieu lui avait dévolue, celle d'une servante.

Quand l'âne fut arrivé, les femmes déchargèrent les entrées : solides préparations à base de cochon froid, de lard et de jambon, de pâtés de tête et les fameux pâtés de viande qui fumaient encore. Il fallait avoir bon estomac pour manger ces mets riches destinés à des travailleurs de force. Le vin aidant, l'ambiance fut rapidement gaie et détendue. Le soleil brillait; il faisait doux malgré la saison avancée. Quelques feuilles mortes tournaient déjà au-dessus de la rivière. De temps en temps, selon son inspiration, le musicien posait sa fourchette pour jouer un air, mais il avait souvent soif et abandonnait les danseurs en pleine évolution après un soupir aigre de son accordéon. Jeanne apportait le vin, l'eau, le pain, bref, tout ce qui était nécessaire au plaisir des convives et se forçait à sourire.

Elle profita d'un intermède pour s'éloigner discrètement, marcha le long de la rivière jusqu'à la Vierge du Gué. Les ronces la recouvraient. L'entrée de la petite grotte était obstruée par une énorme aubépine. Jeanne reconnut pourtant les détails de la pierre sculptée par l'eau en un temps où la Corrèze avait un débit plus important. Petite fille, elle était entrée plusieurs fois dans la minuscule grotte qui comportait, tout au fond, une sorte d'avancée où elle s'asseyait. Elle se faufila entre les branches épineuses de l'aubépine ; une couleuvre dérangée s'enfuit dans un bruit de brindilles. Jeanne, en faisant attention de ne pas salir sa robe, s'approcha du socle. Le soleil haut éclairait l'intérieur, laissant dans l'ombre la partie à sa droite. Elle se souvenait tout à coup que Paul en se signant ne regardait pas la Vierge mais l'entrée de la grotte. Elle était maintenant certaine que le meunier, pris d'un pressentiment, avait mis son or en sécurité, assez loin des bâtiments pour le protéger. Il l'avait enlevé de la boîte au cheval sous la maie pour le cacher ici, mais où ?

Elle essaya de déplacer des pierres, tâtonna sur le sol nu couvert de cailloux cassés mais ne trouva rien. En même temps, elle se souvenait du visage souriant de Paul, de son regard malin. Jeanne savait quand le meunier mentait ou était sincère. Son œil droit ne se fermait pas de la même manière ! Ainsi, Paul, voulant cacher son or à cet endroit, se serait dit : « Celui qui va chercher, va chercher par terre, sur les côtés, mais il ne lui viendra pas à l'idée de regarder au-dessus de sa tête ! »

Jeanne leva les yeux et examina les renfoncements du rocher, les recoins, mais en vain. Elle devait retourner à la noce avant qu'on ne s'aperçoive de son absence. Elle sortit, s'arrêta, intriguée par une pierre plate qui dépassait d'un renfoncement sur le coin droit. Elle se souvenait avoir vu Paul la regarder avec insistance ainsi que le gros rocher qui se trouvait au-dessus. Elle entra de nouveau dans la grotte, prit la pierre à pleines mains et tira. Alors le sol se mit à trembler. Déséquilibré, le rocher près de la statue roula au-dessus de sa tête, tomba sur l'aubépine qu'il brisa puis alla s'immobiliser un peu plus bas. Jeanne eut peur et se protégea avec les bras. L'éboulement avait dégagé une niche creusée dans une pierre rouge friable. L'or des Rolandier était là, dans une boîte que le meunier n'avait même pas pris la peine de fermer à clef tant il était sûr de sa cachette et du piège qui attendait le voleur. Car maintenant, Jeanne comprenait que le gros rocher n'était pas tombé par hasard : c'était en déplaçant la pierre plate qu'elle avait déclenché sa chute. Il aurait dû obstruer l'entrée, retenant Jeanne prisonnière, mais la grosse aubépine, qui n'était pas là du temps de Paul, l'avait dévié. Ainsi l'or des meuniers du Gué était-il bien gardé !

Le cœur battant, Jeanne regarda encore la boîte qui contenait des kilos de pièces d'or brillant au soleil. Toute cette fortune était à elle, personne ne viendrait la lui réclamer ! Un sentiment de puissance lui gonfla la poitrine. Avec cet or, elle pouvait devenir une femme comme les autres, elle pouvait se faire obéir et satisfaire ses moindres caprices. Elle pouvait même se donner l'illusion d'être aimée !

Elle prit quelques pièces dans sa main. Le contact était doux et frais. Elle les laissa tomber sur le tas de graviers et les regarda rouler. M. Henri avait là de quoi réparer son château et racheter ses terres qu'il donnerait bientôt à Blaise. Et Antoine, alors, Antoine à qui le trésor appartenait, que lui resterait-il ? Rien et ce serait justice ! Elle leva les yeux vers l'aubépine cassée : voilà que l'or lui soufflait des pensées de revanche et elle se sentit laide. Alors, Jeanne rangea la boîte à sa place et retourna à la noce.

Les jeunes mariés habitaient le bistrot de Bar en attendant que le moulin du Gué fût reconstruit, ce qui prendrait beaucoup de temps, car l'argent manquait. Antoine avait fait recouvrir la grange et les étables et défrichait les champs du Gué. Il projetait d'acheter des vaches et d'exploiter la propriété qui était assez grande.

Jeanne s'occupa de M. Henri jusqu'à ce que celui-ci meure, moins d'un an après le mariage d'Antoine. Il était devenu énorme et les gens disaient que la graisse lui avait étouffé le cœur. La mort le surprit un soir alors que Jeanne l'aidait à se mettre au lit. Il n'avait pas encore rédigé son testament et le château revint à une flopée de neveux et de cousins qui décidèrent de le vendre. Blaise ne serait jamais un Couperade, mais cela le laissait indifférent.

En une année, Jeanne avait eu le temps de faire la paix en elle. Dieu lui avait été d'un grand secours. Aussi, quand Antoine lui proposa de venir habiter à Bar, elle s'empressa d'accepter, heureuse d'être près de lui chaque jour. Henriette en fut contrariée au début, mais elle comprit très vite que Jeanne ne lui prendrait jamais Antoine. Et puis, l'infirme était si douce, si habile dans son travail qu'elle conquit très vite tout le monde. La mère d'Henriette l'installa à la cuisine et ne fut pas déçue. Chaque midi, le bistrot ne désemplissait pas. Son handicap, en aiguisant la curiosité, devenait un avantage : les gens faisaient un détour pour venir manger la cuisine de la sourde-muette et les affaires étaient bonnes.

Pourtant Jeanne portait en elle un secret qui lui faisait baisser les yeux quand Antoine la regardait. Plus jamais il ne lui avait parlé du trésor de Paul et elle regrettait de ne pas le lui avoir donné. Ce refus provenait d'un sentiment de jalousie qui lui salissait l'âme, une faute que Dieu lui reprochait chaque jour. Elle tardait cependant à se décider et plus elle attendait, plus l'aveu devenait difficile.

Un après-midi, elle eut enfin le courage. Quand la vaisselle fut terminée, les piles d'assiettes rangées, prêtes à resservir le lendemain, Jeanne fit signe à Antoine de l'accompagner. Elle marchait vite dans le chemin qui conduisait au Gué. C'était en automne, le ciel était gris, lourd sur les collines. Ils arrivèrent à la rivière qui roulait ses eaux noires. Jeanne passa le pont et s'arrêta à la Vierge du Gué, se tourna vers Antoine, puis baissa les yeux, comme honteuse.

– Qu'est-ce que tu veux me montrer, Jeanne ? Pourquoi fais-tu cette tête ?

Elle regrettait tout à coup d'être venue jusque-là. Pourtant, sa conscience ne serait tranquille que lorsqu'elle aurait rendu l'or à son propriétaire. Elle entra dans la grotte et trouva la boîte remplie de pièces là où elle l'avait laissée le jour du mariage. Elle la tendit à Antoine qui n'en crut pas ses yeux.

– Jeanne...

Antoine regardait tour à tour l'or et Jeanne. Il ne pouvait articuler un mot. Ses jambes ne le tenaient plus, il dut s'asseoir.

Maintenant, Jeanne se sentait légère ; un sourire fleurit sur ses lèvres. Sans plus attendre, elle reprit le chemin du village, elle avait à faire dans sa cuisine : l'émerveillement d'Antoine devant ces pièces d'or la gênait, car il le diminuait, le ramenait au niveau des hommes ordinaires. Avant de rentrer au bistrot, elle passa à l'église, s'agenouilla devant l'autel. À la sérénité qui combla son âme, elle comprit que Dieu lui avait pardonné...

Grâce à l'or de Paul, le moulin du Gué fut reconstruit plus vite que prévu. Blaise, après le service militaire, ne voulut pas retourner à l'Étanchade et vint travailler avec Antoine aux minoteries du Gué.

Jeanne ne quittait sa cuisine que pour se rendre à l'église. Préparer les repas que servaient Henriette et sa mère aux nombreux clients qui se pressaient chaque jour dans la salle du bistrot était sa manière d'être une femme comme les autres et d'échapper à l'isolement. Ici, personne n'aurait songé à l'appeler la Mule. Chaque soir, elle lisait les livres qu'Antoine lui apportait de la bibliothèque de Tulle et, quand elle avait un moment, rien ne lui faisait plus plaisir que de s'occuper de Paul, le fils d'Antoine et d'Henriette, âgé de quelques mois. Alors, son visage rayonnait...

Cet ouvrage a été réalisé par

FIRMIN DIDOT
GROUPE CPI
Mesnil-sur-l'Estrée

pour le compte des Éditions Robert Laffont
en mars 2001

Imprimé en France

Dépôt légal : avril 2001
N° d'édition : 41651/01 – N° d'impression : 54621